Wollsklavin Sabine

Ein Leben für einen Fetisch

William Prides

Wollsklavin Sabine

Impressum

Bibliographische Information der Deutschen Nationalbibliothek:
Die Deutsche Nationalbibliothek verzeichnet diese Publikation in der
Deutschen Nationalbibliographie; detaillierte bibliographische Daten
sind im Internet über http://dnb.dnb.de abrufbar.

Coverfoto: © 2021 William Prides

Herstellung und Verlag: BoD – Books on Demand, Norderstedt

ISBN: 9783752673753

Inhalt:

Vorwort

Manche Dinge haben kleine Anfänge, und genau so ist es Sabine ergangen. Wollsklavin – das klingt erst einmal merkwürdig, vielleicht sogar albern. Aber lassen wir Sabine ihre Geschichte erzählen. Es ist die Geschichte einer wahrhaftigen Fetischistin, deren Leidenschaft ihren Lebensweg geprägt hat und es bis heute tut. Das Objekt der Begierde ist Wolle. Wie das Leben so spielt, man kann sich seinen Fetisch nicht aussuchen und es muß ja auch nicht immer Latex sein... Die Entstehung dieses Buches ergab sich zufällig und die Geschichten, die das Leben schreibt, sind ohnehin die besten.

„Ich weiß nicht, ob du überhaupt noch diese E-Mail Adresse benutzt, aber was du mir alles so geschrieben hast, läßt mich nicht los. Mein Mann kann mir nicht das geben, was ich mir wünsche. Ich lese mir immer wieder den Vertrag durch und überlege mir immer öfter, ob ich ihn unterschreiben und zurückschicken soll."

Angesichts unserer komplizierten Konstellation einigten wir uns darauf, zumindest etwas Kreatives daraus entstehen zu lassen.

„So sitze ich gerade in sechs Schichten Wolle auf dem Sofa und schreibe meine Erlebnisse auf. Ich hoffe, du kannst eine schöne Geschichte daraus machen."

Parallel zum Woll-Fetisch entwickelte Sabines anfänglich selbstgewählte Keuschhaltung ein Eigenleben. Ihr Mann begann, diese umzuleiten, um über ihre beiden Löcher ihre Lust kontrollieren zu können, ohne daß sie selbst noch Einfluß darauf hatte. Ohne vorab zuviel zu verraten, wird auch das Thema Ballett eine Rolle spielen, obwohl es auf den ersten Blick nicht zu alledem paßt.

In den beiden Anhängen findet der Leser Skizzen zu zwei Vorrichtungen als visuelle Unterstützung des Textes.

Wie alles begann

Ich beginne mit meiner Lebensgeschichte dort, woran ich mich als Erstes erinnern kann.

Es war im Kindergarten. Wir hatten eine Sportstunde und ich hatte meine Sportsachen vergessen. So mußte ich, von der Kindergärtnerin angeordnet, nur in Strickstrumpfhosen mitmachen. Das war mir irgendwie sehr peinlich. Von dem Tag an trug ich oft meine Strickstrumpfhosen und ich hatte immer so ein wohliges Gefühl dabei, das ich nicht verstand. Irgendwann in der sechsten oder siebten Klasse wollte meine Mutter meine alten Strickstrumpfhosen ausmustern und hatte sie schon in den Altkleidersack gestopft. Aber ich holte meine Lieblings-Strickstrumpfhosen wieder raus und versteckte sie. Es waren die mit dem Zopfmuster. Ab diesem Zeitpunkt bekam ich meistens nur noch Nylon- oder Feinstrumpfhosen, weil jetzt alle in meinem Alter solche trugen. So mußte ich immer öfter meine Strickstrumpfhosen versteckt tragen. Im Winter, Frühjahr und Herbst unter der Jeans war das kein Problem. Auch wenn meine Freundinnen sie sahen, war das in Ordnung. Aber ich wollte sie auch im Sommer unter der Jeans tragen, und da hatten meine Freundinnen mich ein paar Mal erwischt und sehr komisch angesehen. Das war mir furchtbar peinlich.

Zu dieser Zeit hatte ich auch entdeckt, daß mich mehrere Schichten übereinander anmachten, so trug ich öfter unter meiner Jeans zwei oder drei Strickstrumpfhosen. Es war auch die Zeit, in der ich lernte, mich sexuell zu befriedigen und ich trug dabei meistens Strickstrumpfhosen. Irgendwann ging ich dazu über, einen Gürtel über die Bünde der Strickstrumpfhosen zu spannen, so daß sie nicht herunterrutschen konnten. Dadurch spannten die Strickstrumpfhosen in meinem Schritt und ich konnte nicht mehr von oben hineingreifen, um mich zu berühren. Das war nicht geplant und ergab sich einfach so. Ich weiß noch, wie ich im Klassenzimmer saß und wir einen Film schauten. Während des Films, im Halbdunkel, zog ich mir meine Jeans bis zu den Knien herunter und streichelte mich über meine bestrumpften Oberschenkel. Es machte mich sehr geil, daß mich meine Banknachbarinnen jederzeit hätten erwischen können, falls sie unter den Tisch geschaut hätten.

Auch mit dem Gürtel über den Bünden am Bauch blieb noch das Problem, daß immer, wenn ich mich bückte, mein T-Shirt oder mein

Pullover hochrutschten konnte und man dann die Strickstrumpfhosen sehen konnte. Das passierte mir auch paar Mal. So kam ich auf die Idee, Bodies darüber zu ziehen, zunächst nur einen, der die Strickstrumpfhosen versteckte. Aber es dauert nicht lange, und ich zog über meine Strickstrumpfhose immer einen Body und ließ den Gürtel weg, denn die Bodies alleine genügten schon, um die Strickstrumpfhosen schön an Ort und Stelle zu halten, sobald ich sie angezogen hatte. Am Anfang trug ich Bodies aller Art mit Rundhals, kurzärmlig und andere. Aber ich fand schnell heraus, daß mir Bodies, die den kompletten Oberkörper überspannten, am besten gefielen. Schlecht daran war nur, daß das im Sommer auch wieder komisch aussah, wenn ich im Rolli in die Schule ging. So besorgte ich mir einige Bodies, die man nicht unter der Sommerkleidung sah. Was mich auch immer sehr erregt hat, war der Kauf meiner Wollschichten. Früher mußte man dazu noch in den Laden gehen und es gab noch so viele verschiedene Zopfstrumpfhosen in weiß und auch bei den Rollkragenbodies war die Auswahl noch viel besser. Heute bekommt man sie nur noch im Internet.

Irgendwann ging eine meiner Lieblings-Strickstrumpfhosen im Schritt kaputt und weil ich sie nicht wegwerfen wollte, machte ich Overknees daraus. Das gefiel mir sehr gut und so kam ich auf Ballettkleidung, weil es da so schöne lange rosa Legwarmer gab. Also ging ich in ein Ballettgeschäft und kaufte die längsten Legwarmer, die sie hatten. Danach hatte ich dann auch schon Internet. Ich suchte dort immer öfter nach meinen Wollschichten und stöberte auch auf Ballettseiten herum. Dort fand ich dann Ballett-Wärmeanzüge. So einen mußte ich sofort haben! Irgendwann kaufte ich mir passend dazu das komplette Outfit, also Spitzenschuhe, Schläppchen, Wickeljäckchen und Hotpants aus Wolle.

Die Schichten wurden immer mehr und die Zeit, während der ich darin steckte, wurde auch immer länger. Ich wollte mich selbst zwingen, noch länger in meiner geliebten Wolle zu stecken und ich wollte vermeiden, den wohligen Genuß durch einen frühen Orgasmus vorzeitig zu beenden. Das konnte leicht passieren, wenn ich es nicht lassen konnte, meine Finger unter meine zweite Haut aus Wolle zu schieben. Was tun? Also trieb ich mich auf Selfbondage-Seiten herum und habe davon einiges ausprobiert, meistens mit dem im Eiswürfel eingefrorenen Schlüssel. Dort fand ich auch einen Schlüsselsafe mit Zeitschloß, den ich mir nach langem Zögern kaufte. So konnte ich mich selbst für längere Zeit in meine Wollschichten einsperren und es richtig auskosten. Mit Sextoys unter den Wollschichten habe ich auch schon früh angefangen. Die erste Sache, die ich mir einführt habe, um mich zu befriedigen, war, ich glaube im Alter von 14, ein Zigarrenhülle aus Blech von meinen Vater.

Danach schob ich mir viele verschiedene Sachen in meine Spalte und fing bald auch an, mein Poloch zu benutzen. Mit 17 ging ich dann zum ersten Mal in einen Sexshop und kaufte mir einen Dildo und Liebeskugeln, die ich oft unter meinen Wollschichten verborgen in mir trug.

So ging das einige Jahre, bis ich Stefan, meinen jetzigen Mann, kennengelernt habe. Das erste halbe Jahr habe ich ihm nichts von meinen Neigungen erzählt. Bis er mir eines abends - wir hatten schon eine Flasche Wein getrunken – erklärte, worauf er so steht und anschließend darauf bestand, wissen zu wollen, was mich so richtig anmacht. Da ich schon beschwipst war, erzählte ich ihm alles, obwohl ich Angst hatte, daß es ihn abschreckt. Aber er verlangte sofort, daß ich in meine Wollschichten schlüpfe und mit ihm ins Bett gehe. Das war die erste Nacht in Wolle mit einem Mann. Als er befriedigt war, sagte ich ihm, daß er mir die Strickstrumpfhosen und Bodies wieder über meinen Po ziehen soll und die Bodies wieder schließen soll. So kuschelte ich mich an ihn und war glücklich. Am Morgen danach, es war ein Samstag, nahm er mich nochmal ran und danach zog er mir gleich wieder die Schichten über. Ich war überglücklich und verbrachte das ganze Wochenende in meinen Schichten. Er benutze mich, so oft er wollte, ohne langes Vorspiel, und das gefiel ihm sehr.

Ungefähr ein Jahr danach, um 2005, entdeckte ich im Internet die Seite einer Sklavin aus Leidenschaft und ihr Straf-Tagebuch. Diese Frau faszinierte mich sehr. Sie wurde, zumindest die ersten paar Jahre, real mittels eines Keuschheitsgürtels keuschgehalten. Ich schrieb oft mit ihr. Es gab zwischen uns Gemeinsamkeiten. Auch sie bekam auch unter ihrem Keuschheitsgürtel Spielzeug eingesetzt, so wie ich unter meinen Wollschichten. Sie war einmal ein Vierteljahr am Stück dauerhaft verschlossen, nur unterbrochen von kurzen Reinigungszeiten. Stefan bekam das mit und fragte mich, ob ich auch keusch gehalten werden wollte. Ich sagte: ja, das will ich sogar sehr. Ich erklärte ihm, daß ich mich früher schon in meine Wollschichten eingesperrt hätte, um nicht mehr an mich herankommen zu können. So setze er es dann auch um.

Nach einem halben Jahr war es aber irgendwie nicht mehr so toll. Er hatte nur noch wenig Zeit für mich und das Aufsperren zum Urinieren war auch blöd. Außerdem wurde ich im Sommer, wenn ich keine Wolle trug, auch nicht keusch gehalten. Wir stritten uns viel. Fast wäre unsere Beziehung zu Ende gewesen, aber wir rauften uns wieder zusammen. Meinen Fetisch mußte ich zurückfahren. Wir spielten zwar immer noch miteinander, aber die verfügbare Zeit war sehr knapp. Der schönste Urlaub war immer Weihnachten, da verbrachte ich zwei Wochen rund um die Uhr in meiner Wolle. In solch einem Urlaub löste ich das lästige Problem mit dem Urinieren durch den ersten Katheter, den ich mir setzte. Es war auch ganz in seinem Sinne, daß er mich nur noch zum großen Geschäft aufsperren mußte oder wenn er mich benutzen wollte. Für den Sommer kauften wir für mich so einen Keuschheitsgürtel, wie die Sklavin ihn trug, die mir ein Vorbild war. Ich mußte ihn auch oft tragen, aber die Keuschhaltung durch die Wollschichten gefiel mir immer noch besser.

So vergingen weitere zwei Jahre, dann hat er mir einen Heiratsantrag gemacht. Die Hochzeit war absichtlich Ende Oktober, als es schon kühler war. So konnte ich unter meinem Hochzeitskleid auch Strickstrumpfhosen tragen, das war ein großer Wunsch von mir. Es kamen mit den Jahren noch Handschuhe und Schlupfmützen mit dazu. Manchmal war es intensiver, manchmal ließ es wieder sehr nach.

Meine Leidenschaft wächst

Unter einem Strickkleid habe ich in der Öffentlichkeit schon öfters mehrere Wärmeanzüge und Bodies getragen, aber ohne den Spezialbody. Bei dem Spezialbody sind die Schlupfmütze und die Handschuhe angenäht, so daß ich nichts ausziehen kann, wenn das Schloß im Schritt angebracht ist. Mein Mann hat mich erst dreimal dazu gebracht, mich in mehreren Strickstrumpfhosen und Bodies, worunter auch der Spezialbody war, und mit einem Wärmeanzug und Beinstulpen darüber, aus dem Haus zu bringen. Er fuhr mit mir zu einem abgelegenen Waldstück und wir gingen dort eine Stunde spazieren. Beim zweiten Ausflug kam uns ein Jogger-Pärchen entgegen. Sie schauten mich von oben bis unten an. Ich wurde feuerrot im Gesicht mir war das ziemlich peinlich. Meinem Mann gefiel das sehr gut, daß ich mich so geschämt habe. Beim dritten Mal, das war einige Monate später, hoffte mein Mann wieder, daß Leute uns im Wald begegnen, aber zum Glück blieben wir alleine. Da fuhr er auf dem Weg nach Hause am McDrive vorbei und kaufte sich einen Hamburger. So konnte der Angestellte am Autoschalter mich komplett begutachten. Mein Mann hätte es schon gerne, daß ich ihn so angezogen bei einem Einkaufsbummel begleite, aber das habe ich mich noch nicht getraut. Vielleicht schafft er es ja eines Tages, daß ich schön dick eingepackt mit ihm mitgehe.

Als Farben für meine Bodies, Thermoanzüge und überhaupt jegliche Kleidung kommen nur weiß, rosa, helles Gelb oder helles Blau in Frage. Damit sich der Leser ein Bild von mir machen kann.

Mein Mann fördert und fordert mich. Beispielsweise bei meinen Kathetern. Inzwischen trage ich ständig einen. Ohne würde es auch gar nicht mehr gehen. Er liebt es, mich zu dehnen. Wir fingen mit der Kathetergröße 12 Charr* an und jetzt bin ich bei 20 Charr. Auch mein Po ist jetzt mit einem Plug, der an der dicksten Stelle 6 cm mißt, ständig verschlossen. Und im Winter werde ich schon fast so gehalten wie im Vertrag beschrieben, nur leider ohne den Ballettunterricht und in der Öffentlichkeit mit normaler Kleidung drüber. Im Sommer geht es halt nicht, daß ich in Wolle mit ihm essen gehe oder andere Sachen machen kann.
*(Anm. des Autors: Charr ist die Abkürzung der Einheit Charriere für den Außendurchmesser. 1 Charr entspricht 1/3 mm. Also bezeichnen 20 Charr einen Katheter von 0,67 cm Außendurchmesser.)

Mein Mann hat damals den Mailverkehr zwischen dem Autor dieses Buches und mir entdeckt und dazu auch unseren Vertragsentwurf. Seitdem ist er strenger zu mir geworden und auch konsequenter. Im Winter mußte ich hinein in meine Wollschichten, ob ich wollte oder nicht, und sie wurden von ihm verschlossen. Er bestraft mich auch mit zusätzlichen Schichten. Als Strafe, wenn ich zuviel rede, wird ein Knebel angelegt und dann oft ein Body mit Schlupfmütze und Handschuhe darüber, so daß ich den Knebel nicht ablegen kann. Im Bett gefesselt werde ich hin und wieder mal, dann bekomme ich auch den Knebel in den Mund und meistens auch noch drei oder vier geschlossene Wollhauben über den Kopf, das sind dann schon harte Nächte. Zuhause trage ich meistens nur die Wollschichten und dann immer Spitzenschuhe dazu. Das gefällt ihm sehr gut, auch im Bett trage ich Spitzenschuhe, das hat er vom Vertrag übernommen.

Für mich ist das irgendwie immer noch zu wenig. Beispielsweise stört mich das Öffnen der Wollschichten beim morgendlichen Toilettengang sehr. Und daß ich da auch nicht kontrolliert werde, ob ich an mir herumspiele, das ist auch doof.

Ich bin durch und durch Sklavin und meine Arbeit als Krankenschwester macht es nicht so einfach, das auszuleben. Im Winter trage ich meine Schichten auch auf der Arbeit, natürlich ohne Schlupfmütze und Handschuhe und meistens habe ich da nur drei Schichten getragen, manchmal auch vier und fünf Schichten. Ich werde trainiert, auf Spitze zu laufen, und kann es inzwischen auch ganz gut. Befriedigen muß ich meinen Mann täglich, meistens mit dem Mund. Das läuft dann so ab, daß ich mit voller Montur, also meine Schichten mit Haube und Handschuhen, abends vor dem Fernseher auf dem Boden im Spagat vor dem Sofa sitze und er auf dem Sofa. Dann zieht er mir meistens drei Hauben aus Wolle, die komplett geschlossen sind und nur ein Loch auf Mundhöhe haben, über und so muß ich ihn dann befriedigen. Beim Blasen hoffe ich, daß er schnell kommt, denn sonst komme ich nicht aus dem Spagat heraus und das kann sehr unangenehm werden. Oft muß ich dann die Hauben gleich anbehalten und darf sie erst am nächsten Morgen wieder ablegen. Daran habe ich mich schon gewöhnt. Wir gehen zur Arbeit meistens gemeinsam aus dem Haus. Nach meinem Toilettengang verschließt er meine Schichten wieder im Schritt, oder wenn ich einen Wärmeanzug trage, im Rücken. Die Hausarbeit erledige ich in meinen Schichten. Ich habe zwei gute Freundinnen, die wissen Bescheid. Wenn sie zu uns kommen, bin ich nur in meinen Schichten und wenn wir sie besuchen, habe ich auch schon nur einen Mantel über meinen Schichten getragen und ihn dann bei Ihnen ablegen müssen.

Zuhause in der Nacht, oder wenn ich einen Rock trage, ist ein Beutel an meinem Oberschenkel befestigt, an den mein Katheter angeschlossen ist. Der Urin wird gesammelt und für den morgendlichen Einlauf aufgehoben. Der Plug hat einen Durchlaß mit einem Stopfen, an den ich meinen Einlauf anschließen kann. Zum Ablassen muß ich den Plug aber entfernen und danach wieder einsetzen. Das finde ich immer noch blöd, denn es bedeutet auch, daß meine Wollschicht täglich geöffnet wird und daß eine Kontrolle in diesem Zeitraum nicht gegeben ist. Wenn ich den Urinbeutel an meinem Bein sehe, erinnert mich das an meinen Katheter und ich drücke dann meinen Blasenschließmuskel oft zusammen, um den Katheter noch intensiver zu spüren. Das macht mich dann immer sehr geil. Und wenn ich den Urin dann in meinen Beutel sehe, dann denke ich auch an den nächsten Einlauf, der dann mit dem gesammelten Urin des ganzen Tages und derselben Menge Wasser am nächsten Morgen in mich hineinläuft. So ein Einlauf ist wunderschön und, wenn die Menge nicht zu hoch ist, sehr erregend.

Wenn ich meinem Mann auf die Nerven gehe, dann spannt er mich öfter mal aufs Bett, so daß ich mich nicht mehr bewegen kann. Dabei werde ich geknebelt und ich bekomme über meine Hände und über den Kopf mehrere Schichten gestülpt. Dann läßt er mich da schon mal fünf bis sechs Stunden liegen und geht aus dem Haus. Wenn ich gefesselt auf dem Bett liege, denke ich oft daran, was schon alles Geiles mit mir geschehen ist und was wohl noch alles passieren wird. Ich räkele mich hilflos auf dem Bett und bin einfach glücklich. Ja, ich fasse mich an, wenn ich nicht unter Kontrolle mein Geschäft erledigen muß oder duschen gehe. Da kann ich gar nicht anders - wenn man den ganzen Tag erregt wird durch seinen Fetisch, dann muß das ja auch passieren. Ich fühle mich danach immer sehr schlecht und möchte das eigentlich nicht. Es wäre am schönsten, wenn ich nicht wüßte, wann ich das nächste Mal aus meinen Wollschichten herauskomme Wenn da nicht die Reinigung und der Katheterwechsel wären - obwohl der Katheter viel länger drin bleiben kann, wenn es ein Silikonkatheter ist. Ohne Katheter ist es jetzt schon so, daß meine Blase undicht ist und auch mein Po braucht zwei Tage, bis er wieder dicht ist. Aber da bin ich, glaube ich, noch lange nicht am Ziel. Denn mein Mann hat schon die nächsten vier größeren Plugs gekauft und auch für meine Harnröhre hat er schon größere Katheter bereitliegen. Für meine Keuschhaltung nehme ich das gerne in Kauf. Wenn ich zuhause bin und mein Mann auf der Arbeit ist, ziehe ich mir oft meine Ballet Heels an, um zu üben. Abends, wenn er Lust darauf hat, muß ich ihm dann vorführen, mit den Ballett-Spitzenschuhen auf Spitze zu laufen und mich zu drehen. Meistens gibt er mir eine Zeitvorgabe und er stoppt mit. Wenn ich es nicht schaffe und zu früh absetzen muß, dann werde ich bestraft. Während ich mich ihm auf Spitze präsentiere, habe ich immer Angst, daß ich die Vorgabe nicht schaffe und fürchte die strenge Bestrafung.

Es würde mich sehr erregen, wenn ich vorgeführt würde, aber mein Mann mag es nicht, wenn ich mich anderen Männern zeige. Deswegen führt er mich auch nicht in der Öffentlichkeit vor.

Ich habe nicht zu entscheiden, ob ich nicht mehr weiter gedehnt werden möchte. Meine Löcher gehören ihm und er kann mit ihnen machen, was er will. Aber wenn ich die Plugs und Katheter sehe, die schon auf ihren Einsatz warten, dann weiß ich, daß ich noch lange nicht am Ende meiner Dehnung bin. Er hat mich auch schon öfter an unseren Fernsehsessel gefesselt und ich mußte mir stundenlang Pornos von Frauen ansehen, die sehr große Sachen in ihren Po eingeführt bekommen haben oder sie sich selber hineingesteckt haben. Es hat mich geschockt, daß sehr viele Filme dabei waren, wo die Frauen sich sehr lange Dildos komplett eingeführt haben. Mir würde, glaube ich, die Keuschhaltung und der Plug den ich heute trage, genügen. Obwohl mich die Filme schon auch angemacht haben.

Seit vor einem Jahr, als ich mit dem Autor geschrieben hatte und er das mitbekommen hatte, wurde es wieder sehr intensiv. Seitdem trage ich dauerhaft Katheter, mein Po ist ständig gestopft und in meiner Pussy steckt ein Vibrations-Ei, das er mit seinem Smartphone fernsteuern kann. Ich war den kompletten Winter und das Frühjahr über in meinen Wollschichten eingesperrt. Nur wenn es sehr warm wird, wechselt er auf den Keuschheitsgürtel, hat er gesagt. Auch Einläufe bekomme ich jetzt oft oder muß sie mir selber setzen. Es würde mir ja noch mehr gefallen, wenn ich ein Spülsystem in den Po eingesetzt bekäme, aber er sagt, daß mein Po dafür noch nicht weit genug offen ist. Sex hatte ich schon seit einem Jahr nicht mehr. Meine Löcher sind ja sowieso schon gefüllt, einen Orgasmus habe ich nur noch ganz selten. Wenn ich gefesselt bin und mein Po mit dem Einlauf gefüllt ist, gönnt er mir manchmal eine Erlösung. Manchmal fesselt er mich tagsüber, die Beine fast im Spagat und die Hände auch weit vom Körper gespreizt, auf das Bett und ich werde geknebelt. Meine Ohren werden dann mit Ohrenstöpseln verschlossen und über den Kopf kommen mehrere Wollhauben, die komplett geschlossen sind. Das Vibrations-Ei in mir surrt leise dahin. Das macht mich immer sehr hörig. Befriedigen darf ich ihn nur noch mit dem Mund im Spagat vor ihm auf dem Boden. Ich finde das sehr gut und es macht mich auch sehr an, daß ich so wieder keusch gehalten werde.

Wenn ich extrem geil bin und ich mich nicht anfassen kann, genau dann bin ich am glücklichsten. Genau so möchte ich immer sein.

Wenn ich nicht geil bin und das Vibrationsei anspringt, dann dauert es nicht lange und ich bin wieder glücklich.

Bei Unwohlsein meiner Füße und Löcher bin ich froh, daß ich so einen strengen Herrn habe, der mich trotz alledem weiter darin hält, egal wie ich jammere - dann wird es eher noch anstrengender für mich.

Wenn ich einen Orgasmus hatte, was nicht oft vorkommt, dann möchte ich danach raus aus meinen Wollschichten. Aber mein Mann weiß das und er weiß auch, daß ich das eine Stunde später bereuen würde. Also habe ich mit ihm vereinbart, daß sobald ich auch nur ein bißchen jammere, ich sofort einen zusätzlichen Ballett-Wärmeanzug anziehen muß, den ich dann bis zum nächsten Morgen tragen muß.

Mein Mann weiß nicht, daß ich wieder Kontakt mit dem Autor habe. Ich hoffe auch, daß er es nicht herausbekommt. Er kontrolliert meine Mails nicht und ich verschiebe die Nachrichten immer in den Papierkorb, so daß man sie nicht sieht. Wenn er mich erwischen sollte, dann werde ich bestimmt sehr lange bestraft. Er würde mich natürlich mit einer Erhöhung der Schichten, Einläufen, die ich sehr lange in mir behalten muß, extremer Dehnung meines Polochs oder dauerhaftem Tragen der Ballet Heels bestrafen. Ich hoffe nicht, daß ich erwischt werde, und wenn er noch herausfindet, daß ich Bilder von mir geschickt habe, dann werde ich mich bestimmt einen Monat lang nicht mehr hinsetzen können. Dabei will ich ihn doch am Ende überraschen – wenn das Buch fertig ist, bekommt er ein Exemplar davon und vielleicht lernen wir uns sogar einmal zu Dritt kennen. Immerhin hat der Kontakt mit dem Autor schon positiv in unsere Beziehung hineingespielt.

Ich habe im Internet Ballettsocken entdeckt, die ich vorher nicht kannte. Mein Mann hat mir aber verboten, sie zu kaufen. Er hat gesagt, daß die für mich viel zu bequem sind und daß ich froh sein darf, daß ich tagsüber zuhause die Ballett-Spitzenschuhe tragen darf. Es könnte nämlich leicht passieren, daß ich auch tagsüber zuhause Ballet Heels tragen muß. Nachts muß ich sowieso schon Ballett Heels ohne Absatz tragen. Nachdem er den Vertrag gelesen hatte, hat er sie sofort bestellt und seitdem muß ich sie jede Nacht tragen.

Meine Freundinnen, die mich besuchen, wissen, daß ich seine Sklavin bin. Ich trage in ihrer Gegenwart alles, was ich sonst auch so zuhause trage, aber fesseln und knebeln tut er mich in dieser Zeit nicht, ich möchte mich ja mit meinen Freundinnen unterhalten. Vom Katheter, dem Analplug und meinem Vibrations-Ei wissen sie nichts. Sie wissen auch nicht, daß ich fast rund um die Uhr darin stecke. Außerdem wissen sie nicht, daß das meiste, was ich trage, von mir selbst so gewollt ist. Sie glauben, daß mein Mann die treibende Kraft ist. Würde ich meinem Mann (theoretisch) sagen, daß ich meines Fetisches überdrüssig bin und ein normales Leben führen wollte, dann würde er mich vielleicht an den Autor verkaufen wollen und mich dessen Vertrag unterschreiben lassen. Aber ich möchte auf keinen Fall aus meinen Wollschichten entlassen werden.

Laura wird eingeweiht

In einem Forum hatte mir jemand einen Fußtrainer aus dem Ballett-Bereich zum Kauf angeboten. In so ein Gerät wird üblicherweise ein Unterschenkel und der Fuß in gestreckter Haltung eingespannt, um eine Gewöhnung daran zu erzielen. Bei diesem aber würden beide Füße zusammen auf einer Platte eingespannt. Da hat scheinbar ein Bondage-Liebhaber ein Einzelstück gebastelt. Das Angebot habe ich schlauerweise dankend abgelehnt, ich sehe mich nämlich schon in Spitzenschuhen darin feststeckend, das würde meinem Mann nur zu gut gefallen.

Mein Mann hat für mich neue Sachen anfertigen lassen, keine Ahnung wo, ich habe vorher nichts davon mitbekommen. Er hat einen weißen Body bestellt, der hochgeschlossen ist, einen kurzen Rückenreißverschluß hat und oben am Ende eine Öse, wo man den Zipper mit einem winzigen Vorhängeschloß festmachen kann. Der Body hat überlange Arme, die vorne zugenäht sind, sowie vorne auf der Brust und hinten am Rücken je eine senkrecht angebrachte Schlaufe. Nachdem ich ihn anziehen mußte und mir die Arme vorne und die Ärmelenden hinten durch die Schlaufe geführt wurden, war mir schnell klar, was das ist: eine Zwangsjacke. Damit war es aber noch nicht genug. Mein Mann hat mir zusätzlich einen engen Wollpullover ohne Arme fertigen lassen. Den hat er mir von oben über meine Body-Zwangsjacke gezogen. Unten ist ein Steg angenäht, der zwischen den Beinen verläuft und der mittels Ösen ebenfalls abgeschlossen wird. So kann dieser Pullover nicht nach oben abgestreift werden. Ich muß sagen, diese doppelte Umhüllung aus Wolle macht mich ziemlich wuschig und die Haltung in der Zwangsjacke ist sogar auszuhalten. Dann hat mein Mann mich noch geknebelt und den Rollkragen so hochgeschlagen, daß man den Knebel nicht sehen kann. Offensichtlich gefällt ihm mein Anblick sehr. Ich kann für ihn auf Spitze laufen, bin aber trotzdem gleichzeitig gefesselt und hilflos, auf eine elegante Art, ohne Ketten oder Schellen. Das ist neu, aber eine Bereicherung. Es hält mich ausbruchsicher in meiner Wolle verpackt, gibt mir aber mehr Möglichkeiten, mich zu präsentieren und ihn anzuregen, als die Fesselung auf dem Bett, die nur ein Räkeln und Stöhnen erlaubt. Gemein ist es, wenn ich gerade auf Spitze stehe und er dann das Vibrations-Ei einschaltet, dann bekomme ich weiche Knie.

Laura, eine meiner Freundinnen, hat, mehr der Fitneß halber und weil sie es früher einmal gemacht hat, wieder mit dem Ballettunterricht angefangen. Da sie mich zuhause schon in Spitzenschuhen gesehen hat, hat sie mich natürlich gefragt, ob ich nicht mitkommen will, zu zweit macht es mehr Spaß. Jetzt habe ich den Salat. Mein Mann fände es gut, wenn ich meine tänzerischen Fähigkeiten verbessern würde. Aber er will mich nicht in meiner auffälligen Wollkleidung zum Unterricht lassen, weil er fürchtet, wir könnten auffallen. Ich habe russische Wurzeln, bei uns hat Ballett einen hohes Ansehen, davon darf er mich nicht abhalten. Zuviel meckern tue ich aber besser nicht, sonst lande ich wieder geknebelt aufs Bett gefesselt.

Es gibt einige ältere, schöne Fotos von mir. Aber halt Amateuraufnahmen. Für meinen Mann und mich wäre es schon toll, wenn mein bizarres Dasein einmal professionell fotografiert werden würde, in allen Lebenslagen. Ich spüre, daß ich bei dem Gedanken feucht werde, daß sich ein Dritter die Bilder anschaut. Sogar, daß ich mich damit erpreßbar machen könnte, gibt mir einen Kick, sofern der Erpresser das finstere Ziel hätte, mich damit noch mehr in meine Rolle zu zwingen. Ich könnte mich bei einem Outdoor-Shooting im kompletten Outfit zeigen, denn die Leute sehen den Fotografen und denken sich, das wird für diesen Zweck schon so richtig sein. Meinem Mann wird das wieder gar nicht gefallen, großer Seufzer.

Der Klimawandel stört zunehmend mein artgerechtes Dasein. Auf lange Sicht werden wir im Haus nicht um eine Klimaanlage herumkommen, zumindest für das Schlafzimmer. Dann kann ich endlich zu jeder Jahreszeit in meinen dicken Wollschichten gefangen sein. Es bringt doch nichts, wenn mein Kreislauf schlappmacht und ich ohnmächtig werde. Momentan sieht es so aus: Mein Mann hat mir jetzt erlaubt, bei hochsommerlichen Temperaturen nur noch 3 Schichten zu tragen, aber verbunden mit der Auflage, daß ich meinen Keuschheitsgürtel darunter trage. Denn er hat mich dabei erwischt, als ich mich durch die drei Schichten gestreichelt habe. Jetzt habe ich mich entschieden, lieber wieder 4 Schichten zu tragen, um dem Keuschheitsgürtel zu entgehen. Der Plug in meinem Po ist auch durch einen größeren ersetzt worden - ich trage jetzt einen mit 8 cm Durchmesser aus Edelstahl, der über 1 kg schwer ist.

Der Autor hat mir die Frage gestellt: Ist mir die Liebe zu meinem Mann oder mein Fetisch wichtiger? Das beschäftigt mich. Was wäre, wenn ich oder mein Mann sagen würden ‚ab heute wird der Fetisch nicht mehr gelebt, keine Lust mehr'? Ich kann mich bei meiner Antwort nicht völlig festlegen. Einerseits ist mir mein Mann wichtiger, aber ich glaube, ohne meinen Fetisch möchte ich nicht leben.

Meine Freundin Laura ist bi und faßt mich immer gerne an, wenn ich mich ihr in Wolle präsentiere. Ich habe nachgedacht und mit meinem Mann darüber gesprochen – es würde ihm sehr gefallen, wenn sie zusätzlich auf mich aufpassen würde. Mir wäre es sehr wichtig, daß endlich meine letzten Freiräume verschwinden, während derer ich mich unkontrolliert selbst berühren kann. Also beim Katheter setzen, Einlauf, Waschen etc. Ich weiß nur noch nicht, wie ich es ihr sagen soll und habe Angst, wie sie reagieren wird.

Manchmal glaube ich doch ans Schicksal. Mein Mann war eine Woche auf Geschäftsreise und genau in dieser Zeit hatte Laura einen furchtbaren Krach mit ihrem Partner. Dafür sind Freundinnen da, natürlich konnte sie für ein, zwei Nächte bei mir unterkommen. Ich habe nicht daran gedacht, daß es etwas anderes ist, als wenn sie nur ein paar Stunden zu Besuch ist. Nach einiger Zeit sind ihr zwei Dinge aufgefallen: daß ich nie auf die Toilette muß (Kunststück, ich trug versteckt meinen Beutel) und daß ich nicht, wie von ihr erwartet, beim Zubettgehen meine Wollschichten ablege. Am ersten Tag konnte ich sie noch hinhalten, aber am zweiten Tag war sie sehr zärtlich zu mir und suchte auch meine Geborgenheit, da habe ich ihr erzählt, wie ich wirklich lebe. Anfangs war sie sehr verwundert darüber, denn sie hatte nicht erwartet, daß meine Leidenschaft so tief geht. Aber sie dachte darüber nach. Als sie begriffen hatte, daß ich selbst die treibende Kraft war und daß mein Mann gegen etwas Unterstützung nichts einzuwenden hätte, hatte sie ein Leuchten in den Augen, als ob sie eine Idee hätte. Sie wollte aber nichts verraten, meinte nur, es sei zu meinem Besten und ich solle meinem Mann ausrichten, daß sie mit uns beiden demnächst etwas zu besprechen hätte. Ihr Partner hatte inzwischen nicht nur mit ihr Schluß gemacht, sondern auch seine Sachen gepackt und das Weite gesucht. Sie würde jetzt mehr Zeit haben und nicht gerne alleine sein wollen, rechnete ich mir aus.

Nach der Rückkehr meines Mannes erzählte ich ihm, daß ich bei Laura aufgeflogen war, daß ich aber eine Vorahnung hätte, daß sie mit meinem Wollfetisch und dem Drumherum etwas anzufangen wüßte. Er war skeptisch, wollte sich aber schon aus Neugier das Gespräch mit ihr nicht entgehen lassen. Lauras neuesten Wissensstand wußte er auch zu nutzen, wie ich mit Schrecken feststellen mußte. Eine halbe Stunde vor ihrem Besuch zu dem Gespräch mußte ich nicht nur die Spitzenschuhe anziehen, sondern auch fingerlose Wollhandschuhe und bekam die Hände fest hinter dem Rücken gefesselt. Laura kam, sah, lächelte, umarmte mich liebevoll und meinte, jetzt müßte ich das ja nicht mehr vor ihr verstecken. Ich wußte gar nicht, was ich sagen sollte. Ich gebe zu, es erregte mich, daß sie mich so etwas hilflos sah und ich nichts dagegen tun konnte. Das wiederum blieb meinem Mann nicht verborgen. Laura erklärte meinem Mann, daß sie sich immer schon zu mir hingezogen gefühlt habe. Sie habe von mir erfahren, daß es bei meiner Gefangenhaltung in Wolle noch unerlaubte Freiräume gab, z.B. beim Waschen oder Katheterwechsel, die besser von Frau zu Frau behoben werden sollten. Außerdem müsse sich doch jemand um mich kümmern, wenn er einmal längere Zeit nicht da sein würde. Wir redeten eine Weile und konnte und soweit alle drei mit der Vorstellung anfreunden. Dann ließ Laura die Katze aus dem Sack: Sie würde alles genau so tun, wie ich es bräuchte, und sie würde mit mir bestimmt nichts Sexuelles anfangen, sondern mich auf Ehrenwort strikt keuschhalten, selbst wenn ich betteln sollte. Aber die Bedingung wäre, daß mein Mann mich im Gegenzug dafür mit ihr zusammen zum Ballettunterricht gehen lassen würde, in so viel Wolle wie möglich. Ich hätte Laura in dem Moment umarmen können, wenn ich es gekonnt hätte. So vergoß ich eine Freudenträne und war einen Moment lang sprachlos. Genau das hatte ich mir so sehr gewünscht. Mein Mann war genauso überrascht, aber weniger sprachlos. Er meinte, wenn er es erlauben würde, dann nur unter einer Gegenbedingung: sollte Laura unser beider Vertrauen mißbrauchen und doch nicht nur unterstützen, sondern mit mir Sex haben wollen (wogegen ich mich gefesselt nicht wehren könnte) oder gar ihm an die Wäsche wollen, dann müßte sie jetzt einwilligen, in dem Fall ebenfalls bestraft zu werden. Natürlich nicht durch das Tragen von Wolle, aber dadurch, daß sie für längere Zeit gefesselt und geknebelt würde und daß er ihr etwas richtig Großes schmerzhaft einführen würde, allerdings in ihre Muschi statt wie bei mir in den Po. Da war für eine kurze Zeit, die mir wie eine Ewigkeit erschien, völlige Stille. Wir sahen uns abwechselnd an und jeder von uns überlegte, ob er sich mit allen Konsequenzen darauf einlassen sollte. Dann, fast zeitgleich, standen Laura und ich auf. Ich kniete mich vor meinen Mann hin und schaute ihn bittend an. Laura trat neben mich, drehte sich um und legte die Hände wortlos auf dem Rücken zusammen. Sie blickte zu mir herunter, während mein Mann nun auch sie fesselte. Das war unser unausgesprochenes, aber ernstes gegenseitiges Versprechen zu dritt. Laura und ich setzen uns dann beide wieder nebeneinander auf das Sofa. Mein Mann ließ es sich nicht nehmen, die Getränke einzuschenken und uns die Gläser zum Mund zu führen. Bald aber meinte er, heute sei ein wichtiger Schritt in die Zukunft getan worden und kein Grund für Bestrafung vorhanden, und darum löste er unsere Fesseln. Ja, es war ein Glückstag, aber auch gewagt, ob das alles so funktionieren würde.

Der Vertrag

Mein Mann ist kein Dummkopf, ihm war wieder der Vertragsentwurf eingefallen, den ich mir zusammen mit dem Autor ausgedacht hatte und den er entdeckt hatte. Er verwendete ihn als Vorlage, nahm nötige Korrekturen vor und dann unterschrieben wir ihn alle Drei mit leicht zitternder Hand.

Wollsklavinvertrag

Punkt 1 Grundbekleidung

Dieser Punkt muß konsequent von der Wollsklavin Sabine, ihrem Mann Stefan und der gemeinsamen Freundin Laura eingehalten werden. Laura vertritt Stefan eingeschränkt, beide werden in diesem Vertrag als Herrschaften bezeichnet.

Die Wollsklavin trägt ständig, rund um die Uhr (24/7) Kleidung aus Wolle. Nur zur Körperpflege und zum Katheter-Wechsel darf sie ganz oder teilweise abgelegt werden, siehe weiter unten.

Die Dicke der Wollkleidung gemessen in Schichten richtet sich nach der Temperatur der Umgebung, in der sie sich aufhält, egal ob drinnen oder draußen:

Über 30°C = 2 Schichten
Über 30°C bis 25°C = 3 Schichten
Über 25°C bis 15°C = 4 Schichten
Über 15°C bis 10°C = 5 Schichten
Unter 10°C = 6 Schichten

Eine Schicht besteht aus einer Strickstrumpfhose mit Zopfmuster und einem Body mit Rollkragen und langen Armen. Erlaubte Farben sind: weiß, rosa, hellblau und hellgelb.

Anal trägt die Wollsklavin eine Plug mit Anschluß für ein Spülsystem, alle Schichten haben über dem Plug ein Loch, wodurch man für die tägliche Spülung den Stutzen des Spülsystems führen kann. Der unterste Body hat kein Loch, er wird lediglich zur Seite gezogen und der Stutzen eingeführt. Die äußerste Schicht wird immer mit einem Vorhängeschloß abgesperrt, den Schlüssel besitzen nur die Herrschaften.

Was die Wollsklavin vaginal trägt, bestimmen die Herrschaften.

Als Bestrafung soll das Erhöhen der Anzahl der Schichten regelmäßig angewendet werden. Sollte über die Jahre eine Gewöhnung stattfinden, darf nur der Ehemann den Vertrag dahingehend einseitig ändern, daß die Anzahl der Schichten erhöht wird.
Es besteht der Zwang, 24/7 Wolle tragen zu müssen, auch auf der Arbeit, soweit möglich. Ausnahmen davon sind:

Beim Katheter-Wechsel trägt Sabine auch Wolle, nur im Schritt sind die Schichten geöffnet.

Alle 4 Tage darf Sabine die Wollschichten für 2 Stunden komplett ablegen. Zur Körperpflege wird sie mit den Händen über dem Kopf in der Dusche gefesselt und von Laura gewaschen. Sexuelle Handlungen zwischen Sabine und Laura sind strengstens verboten.

Alle 8 Tage bekommt Sabine die Schichten nach der Körperpflege wieder angezogen, sie werden aber im Schritt noch offen gelassen. Dann wird sie auf einem Gynstuhl zum Kathetertausch fixiert.

Punkt 2 Kleidung über der Grundbekleidung

Die Kleidung bestimmen die Herrschaften, unter diesen Vorgaben:

Für drinnen handelt es sich um Ballettkleidung aller Art, die aus Wolle besteht und eine den oben genannten Farben hat. Als Schuhe sind nur Ballett-Schläppchen, Ballett-Spitzenschuhe oder Fetisch-Ballet-Heels ohne Absätze erlaubt. Die Schuhe haben trotz der Wolle zwischen ihnen und der Haut fest zu sitzen. Keine Schuhe zu tragen ist nicht erlaubt.

Für draußen muß die Kleidung gestrickt sein und ebenfalls die genannten Farben haben. Als Schuhe sind auch hier nur Ballett-Schläppchen, Ballett-Spitzenschuhe oder Fetisch-Ballet-Heels ohne Absätze erlaubt. Läßt die Witterung das Tragen nicht zu, z.B. bei Schnee oder Regen, darf Sabine nicht in die Öffentlichkeit. Ausgenommen von diesen Vorschriften ist auch hier die Arbeitsstelle und der Weg dorthin.

Punkt 3 Auftreten in der Öffentlichkeit

Punkt 1 und 2 sind auch hier strikt einzuhalten. Stefan hat das Recht, Sabine spazierenzuführen, sie zu fotografieren und dergleichen. Sie darf sich den Blicken Fremder nicht entziehen. Sollte sie auf ihre Kleidung angesprochen werden, hat sie zu erklären, daß sie dies alles freiwillig tut. Sie darf keinesfalls einen Fluchtversuch unternehmen und hat Ausweis, Geld, Schlüssel etc. immer den sie begleitenden Herrschaften abzugeben, bevor sie sich in die Öffentlichkeit begibt. Alleine darf sie nicht in die Öffentlichkeit, ausgenommen zur Arbeit.

Punkt 4 Verbesserung der Ballett-Fähigkeiten

Die Wollsklavin nimmt einmal pro Woche Ballettunterricht, ohne dabei die Kleidungsvorschriften gemäß Punkt 1 oder 2 zu verletzen. Ziel ist es, ihre tänzerischen Fähigkeiten zu verbessern, vor allem in der Hinsicht, ihrem Mann zu gefallen. Dazu gehören beispielsweise das Einüben eleganter Posen, das bessere Durchstrecken der Füße oder das Laufen auf Spitze in Spitzenschuhen. Sollten ihre Mitschülerinnen sie auf ihre auffällige Wollkleidung ansprechen, so hat sie ihre Woll-Sucht peinlicherweise zu gestehen. Kommt das Gespräch darauf, ob sie das alles freiwillig tut oder unter Zwang, so hat sie über die Herrschaften ausschließlich positiv zu sprechen, in dem Sinn, daß beide sie nur darin unterstützen, ihre Leidenschaft auszuleben. Über Sexuelles darf sie nicht sprechen, nur, daß sie keuschgehalten werden möchte. Zum Unterricht wird sie mit dem Auto bis vor die Tür gefahren und auch wieder abgeholt. Sabine darf die Ballettschule nicht alleine besuchen, nur in Begleitung durch Laura.

Punkt 5 Kontrolle, Fixierung, Strafen, Vergünstigungen

Orgasmuskontrolle: Durch die beschriebene Haltung hat die Sabine keine Möglichkeit mehr, selbständig einen Orgasmus herbeizuführen. Sie ist darauf angewiesen, Lust dadurch zu empfinden, daß sie ihren Mann sexuell bedient. Sollte sie zum Orgasmus kommen, ist dies erlaubt, ändert aber nichts an den Regeln dieses Vertrags. Insbesondere bleibt Sabine auch nach einem Orgasmus weiter strikt in Wolle eingeschlossen.

Die Herrschaften dürfen die Wollsklavin jederzeit überall streicheln, ausgenommen die wollfreie Zeit.

Als Vergünstigung darf die Wollsklavin mit den Herrschaften im Bett schlafen und kuscheln, jedoch nur, wenn sie dabei an Händen und Füßen gefesselt ist.

Als Kleidungs-Strafen bieten sich an: Ein Spezial-Body mit angenähter Haube (Schlupfmütze) und angenähten Handschuhen. Mehrere Schichten Handschuhe. Knebel oder Knebelgeschirr.

Punkt 6 Sexuelle Gefügigkeit / Fetisch

Der Ehemann wird durch die Wollsklavin so oft, wie er es möchte, sexuell befriedigt. Dies tut die Wollsklavin mit ihrem Mund, ihren Händen und ihren Füßen in den genannten Schuhen. Laura wird sich hierbei unter keinen Umständen aktiv sexuell beteiligen. Es ist jedoch möglich, daß sie zusehen darf, unter der Bedingung, daß sie dabei Ballettkleidung trägt, damit auch sie für Stefan einen schönen Anblick bietet.

Die Herrschaften haben das Recht, jederzeit die Schuhe an Sabine zu wechseln.

Sabine hat ständig darauf zu achten, sich ballettmäßig zu verhalten. Sie hat die Füße immer durchzustrecken, auf Spitze zu stehen, in schönen Posen zu sitzen und dergleichen.

Punkt 7 Reale Abhängigkeit, Ausschluß einer Rückkehrmöglichkeit

Ihr Fetisch ist für die Wollsklavin Sabine Lebensinhalt. Sie ist bereit, dafür ihre Freiheit und ihren Besitz vollständig in die Hände ihres Ehemanns abzugeben. Sie erklärt aus freien Stücken, daß sie dazu gezwungen werden will, so wie beschrieben leben zu müssen. Die Herrschaften sollen auf Jammern, Betteln oder Zicken nicht eingehen und sie konsequent so behandeln. Wenn nötig, soll die Wollsklavin Sabine durch Strafen gefügig gemacht werden oder durch Fixierung und Knebelung ruhiggestellt werden. Eine Rückkehr in ein freies, normales Leben kann nur der Ehemann Stefan ermöglichen. Für die Wollsklavin Sabine gibt es kein Recht auf Beendigung dieses Vertrages. Laura hat sich freiwillig eingebracht und darf jederzeit auf eigenen Wunsch ausscheiden. So lange Laura ihre Rolle wahrnimmt, kann sie bei Verstößen, insbesondere bei verbotenen sexuellen Handlungen, von Stefan zur Rechenschaft gezogen und bestraft werden. Als Strafen kommen beispielsweise Fesselung und Knebelung und das zwangsweise Tragen möglichst großer Dildos o.ä. in der Vagina zur Anwendung. Aber auch andere Strafen sind ja nach Art des Vergehens möglich.

Der Unterschied zwischen Zofe und Sklavin

Laura verbrachte nun viel Zeit bei uns. Sie übernahm pflichtgemäß meine tägliche innere Reinigung und achtete genau darauf, daß ich nicht die geringste Chance hatte, mich selbst zu berühren. Das ersparte mir zwar, mich danach schlecht zu fühlen. Aber meine Dauergeilheit wurde so noch verstärkt. Lauras Blicken nach zu urteilen, schien das selbst ein Blinder an mir sehen zu können. Wenn mein Mann mich je nachdem wieder einmal aufs Bett fesselte, dann wachte Laura über mich. Es gab mir ein sicheres Gefühl, daß jemand in der Nähe war. Wenn ich eine Wollhaube übergezogen hatte, dann erregte mich die Vorstellung, wie Laura mich da so liegen sah, hilflos, stumm und vergeblich zappelnd, wenn das leise surrende Vibrations-Ei in meiner Spalte wieder einmal den richtigen Nerv getroffen hatte. Da Laura auch im Haushalt mithalf, konnte ich mich noch mehr auf die Entwicklung meines Körpers konzentrieren. Meine Löcher wurden weiter gedehnt, so langsam gab es kein Zurück mehr von dieser Entwicklung. Die Einläufe dauerten länger. Ich konnte die Tragezeit meiner absatzlosen Ballet Heels erhöhen, da Laura mich oft an der Hüfte festhielt und führte, wenn ich sonst schon vor Anstrengung aufgegeben hätte. Ich war sehr angetan von allen diesen Dingen. Aber die größte Erfüllung war der gemeinsame Besuch der Ballettstunde. Mit Laura zusammen fühlte ich mich sicher. Sie hielt die eine oder andere neugierige Mitschülerin von mir fern, die sich über mein eigentlich für die Stunde viel zu warmes Outfit mit reichlich Wolle wunderte. Na ja, ich bekam öfter mal einen roten Kopf, aber nicht wegen der Wärme, sondern vor Aufregung, Erregung und Scham. Egal. Ich lernte jetzt endlich einmal richtig, wie es gemacht wird und hatte oft anschließend einen ordentlichen Muskelkater. Aber ich wurde mit der Zeit besser. Ich übte mit Laura auch zu Hause weiter und am Ende konnte ich meinen Mann mit meinem neuen Können ziemlich beeindrucken. Einmal hat Laura beim Üben auch zu Hause ihre Ballettsachen getragen, als mein Mann dazukam. Er meinte, so wie mir die Wolle wie eine zweite Haut am besten stehen würde, wäre die Ballettkleidung wie für sie gemacht. Das ließ Laura sich nicht zweimal sagen und hin und wieder erschien sie abends als zweite Ballerina vor meinem Mann, um mir bei meiner kleinen Darbietung zu assistieren. Wobei sie es eigentlich viel besser konnte als ich. In ruhigen Momenten dachte ich darüber nach, daß Laura als meine gute Freundin fast alles für mich tun würde, aber in Sachen Sex momentan zu kurz kommen würde. Es gab kleine Indizien dafür, daß ich richtig lag, wie den nicht wieder fest auf den Schlauch aufgeschraubten Duschkopf. Ich ertappte mich bei dem Gedanken, daß sie mit meinem Mann schlafen könnte, verwarf das aber gleich wieder. Mein Mann war in solchen Dingen konsequent und stark, von der Seite hatte ich nichts zu befürchten.

Die Gefahr kam schleichend über Wochen. Erst fiel mir auf, daß Laura mich häufiger streichelte als früher, und dabei in Richtung meiner Brüste und meinem Schritt tendierte, scheinbar ganz zufällig. Zur Körperpflege war inzwischen an der Decke im Bad von meinem Mann eine stabile Öse angebracht worden. Wir waren Großverbraucher in Kabelbindern geworden, mit denen ich zum Duschen und Waschen daran fixiert wurde. Ich war also nicht nur daran gehindert, mich selbst zu berühren, sondern insgesamt hilflos. So konnte ich auch nichts dagegen tun, daß sich Lauras Finger mehr als zum Säubern nötig an meiner Muschi zu schaffen machten. Ich nahm es zunächst hin, wenn ich ehrlich bin, genoß ich den zarten Reiz. Aber als mehr Zeit verging, wurde es offensichtlich, daß Laura ihren Auftrag nicht mehr wie versprochen ausführte. Sie begann, mich zu fingern und das konnte sie leider sehr gut. Als ich vergeblich versuchte, mich wegzudrehen und als ich stöhnen mußte, legte Laura mir ohne Gnade den Knebel an. Es schien sie zu treiben. Sie gab keine Ruhe, bis meine Muschi wund und klatschnaß war und sich meine lange Keuschhaltung in einem heftigen Orgasmus entlud, der mich umgehauen hätte, wenn ich nicht angebunden gewesen wäre. Mein Mann war zu der Zeit nicht zu Hause, aber auch Tage danach konnte ich nicht mit ihm darüber sprechen. Ich fühlte mich schmutzig, benutzt. Ich redete mir ein, daß es mit Laura einfach durchgegangen wäre und sicher nur ein einmaliger Vorfall gewesen wäre. Darum schwieg ich zu meinem Mann und sprach auch mit ihr nicht darüber. Das war vermutlich falsch, denn sie schien es als stillschweigende Zustimmung zu werten, so daß es noch schlimmer kam. Eines Tages lag ich aufs Bett gefesselt da, mit Sinnesentzug durch die Wollhauben, in Fäustlingen und geknebelt. Ich war völlig ahnungslos, als Laura die Wollhauben entfernte. Sie hatte das Zimmer abgedunkelt, aber ich konnte sehen, daß sie völlig nackt war. Ich war völlig perplex. Ich hatte gar keine Zeit zum Nachdenken, da hatte sich schon den Knebel entfernt und sich mit ihrem Schritt auf mein Gesicht gesetzt, so daß ich ihren warmen Duft spüren konnte und ihre Spalte meine Lippen berührte. Ich hätte es verweigern müssen, aber wenn ich in diesen Dingen nicht schwach wäre, dann bräuchte ich die ganzen Vorkehrungen um mich herum doch gar nicht. Meine Zunge fand ihren Weg von selbst in sie hinein und ich schmeckte ihre Geilheit. In meinem Kopf ging alles durcheinander. Ich hatte instinktiv das Gefühl, daß es ganz falsch lief. Es hatte keinen Reiz, etwas Verbotenes zu tun. Ich wollte mein Woll-Dasein nicht auf solch billige Art verspielen. Laura dagegen hatte scheinbar keine Skrupel. Sie tat das Undenkbare und entweihte meinen Tempel der keuschen Wolle. Sie öffnete tatsächlich meine Wollverpackung und leckte mich leidenschaftlich, während sie immer noch ihren Hintern über meinem Gesicht kreisen ließ. Natürlich regte sich bei mir etwas, aber es funktionierte nur, es machte keinen richtigen Spaß. Es war wie das Betrinken mit einem billigen Fusel, bei dem man schon Kopfschmerzen bekommt, wenn man noch halb nüchtern ist. Und hinterher ist es dann um so schlimmer. Es endete damit, daß sie mir ihren Vibrator einsetzte, meine Hülle aus Wolle wieder verschloß und mich wieder stumm und blind zurückließ. Ich hatte nie Angst davor, gefesselt zu sein, aber das hier war eine neue und keine schöne Erfahrung gewesen.

Nachdem solche Dinge nun öfter vorkamen, mußte ich mich fragen, wessen Sklavin ich war und wie es dazu kommen konnte, daß Laura mein Vertrauen und das meines Mannes so mit Füßen trat. Als ich mit meinem Mann das nächste Mal alleine war, beichtete ich ihm alles und betonte, daß ich keine Chance gehabt hatte, es zu verhindern. Er liebt mich und glaubte mir sofort. Auf Laura war er sehr sauer und meinte, darüber müsse er erst einmal grübeln. Einige Tage später meinte er, man müsse sie mit ihren eigenen Waffen schlagen. Es gelang ihm, an strategisch günstigen Stellen im Bad und im Schlafzimmer mehrere winzige, aber hochauflösende Kameras zu installieren, die Laura nicht bemerken würde. Er äußerte sich beim Essen scheinbar zufällig über seine genaue Terminplanung, so daß Laura sich die Gunst der Stunde ausrechnen konnte. Es kam, wie es kommen mußte, Laura tat so ziemlich alles, was streng verboten war. Ich ließ es über mich ergehen, ohne sie zu ermuntern. Der Gedanke daran, daß sie sich gerade ihr eigenes Grab schaufelte und es nicht anders verdient hätte, hielt mich aufrecht.

Mein Mann schnitt die besten Szenen zusammen und bereitete vor, diese Datei auf dem großen Monitor auf Knopfdruck abzuspielen. Als Laura wieder bei uns war, bat er sie, meinen Keuschheitsgürtel zu holen, außerdem wolle er ihr noch etwas Interessantes im Internet zeigen. Die ahnungslose Laura brachte den Keuschheitsgürtel und legte ihn bereit, im Glauben, ihn mir anlegen zu sollen. Sie setzte sich auch brav vor den Monitor und dann ging die Show los, in gestochen scharfen Bildern aus allen Perspektiven. Sie wurde ganz blaß und sprang auf, um wegzulaufen. Aber mein Mann war schneller, packte sie, riß ihr die Kleider herunter und fesselte ihre Hände. Nackt führte er sie ins Bad, wobei sie sich widerwillig wand. Für einen richtigen Widerstand war der Schock noch zu groß. Ehe sie es sich versah, war sie im Bad an der Decke fixiert, hatte einen Knebel im Mund und auch die Füße gefesselt. Hier gab es keinen Ausweg mehr. Mein Mann hielt ihr eine kurze Ansprache über ihre Vergehen und darüber, wie enttäuscht er von ihr war. Dann wechselte er die Tonlage und meinte, ab jetzt würde sich einiges ändern. Ich war ihm mit meinem Keuschheitsgürtel in der Hand gefolgt. Diesen reichte ich ihm wortlos an und er wurde umgehend Laura angelegt, die meine Figur hatte. Das leise Klicken des Schlosses produzierte einen entsetzten und fragenden Blick in Lauras Augen. Sie traute sich nicht einmal, hinter dem Knebel etwas ohnehin Unverständliches sagen zu wollen. Mein Mann erklärte ihr, daß er sie gemäß dem von ihr unterschriebenen Vertrag bestrafen würde. Ich sei die Sklavin und sie die Zofe. Er sei unser beider Herr. Es würde weiterhin so sein, daß Laura von der Macht her über mir stehen würde, aber ausschließlich dazu, um seinen Willen als verlängerter Arm umzusetzen. Liebe und Sex stünden nur mir zu, denn ich würde dafür schließlich auch alles opfern. Sie aber sei ab jetzt dazu verdammt, mich in jeglicher Weise zu unterstützen und dabei ihre eigene Lust fast ganz aufzugeben. Den Keuschheitsgürtel müßte sie nun ständig tragen und es sei nur gerecht, daß er sie auch dann am Vergnügen hindern würde, wenn sie nicht bei uns im Haus sei. Nachdem ich meine Bestimmung in Wolle gefunden hatte, ordnete mein Mann an, daß Laura ab jetzt zu Hause nur noch Ballettkleidung tragen dürfe. Das gefiele ihm und paßte auch gut zusammen. Es könne auch nicht schaden, wenn Laura ihn auch mit Tanzdarbietungen erfreuen würde, fügte er hinzu. Etwas Spaß wolle er ihr zugestehen, aber nur noch in seiner Anwesenheit, durch Spielzeug oder wenn ich irgendwann Hand anlegen wollte. Sollte Laura sich den Anordnungen verweigern oder weglaufen wollen, so müsse sie damit rechnen, daß sämtliche Aufnahmen über die sozialem Medien an ihren Freundeskreis verteilt würden und obendrein noch gegen gutes Geld als Filmchen im Internet verkauft würden. Mit ihrem erkennbaren Gesicht, meines unkenntlich gemacht. Laura fing an zu weinen, gleichzeitig nickte sie. Wir machten sie los, entfernten den Knebel, ließen aber ihre Hände und Füße gefesselt. Das Häufchen Elend durfte ausnahmsweise bei uns im Bett schlafen. Ich bemerkte, daß ihr Zittern langsam aufhörte, als sie sich mit ihrer nackten Haut an meine wohlige, weiche und warme Wolle kuscheln konnte.

Nachdem jetzt jeder wußte, wohin er gehörte, beruhigte sich die Lage schnell und wir wurden ein besser eingespieltes Team als zuvor. Ich führte meinen Mann abends vor, daß ich dank meines intensiven Trainings schon wieder ein paar Sekunden länger auf Spitze stehen konnte. Laura stand dabei regungslos hinter mir, im kompletten Ballettoutfit, in einer eleganten Pose, wie man sie auch auf der Theaterbühne im Hintergrund beobachten kann, während vorne die Solisten tanzen. Ich ging anschließend vor meinem Mann in den Spagat. Er öffnete seinen Reißverschluß und sein Glied streckte sich mir in freudiger Erwartung entgegen. Laura kam hinzu, setzte sich seitwärts und strecke ihre Beine. Mit ihren gelenkigen Füßen in den Ballettschläppchen berührte und führte sie seinen Schwanz so geschickt, daß er nach kurzer Zeit stramm und steif war. Bevor es zu ihrem Footjob wurde, zog sie sich dezent zurück und überließ ihn mir. Nur ich war diejenige, die ihn in den Mund nehmen, lutschen, blasen, aussaugen und am Ende schlucken durfte. Darauf war ich stolz und diente hingebungsvoll. Währenddessen hatte Laura ihr Oberteil ausgezogen und führte hinter mir „oben ohne" eine Mischung aus Ballett und Lapdance vor, so daß mein Mann vor lauter schönen Eindrücken manchmal nicht wußte, wohin er zuerst schauen sollte. So glücklich hatte sich sonst nur der Kalif im Harem in den Märchen aus 1001 Nacht gefühlt. Ich konnte ihren Tanz teils sehen, der sich in der Glasscheibe eines Schrankes spiegelte. Wenn wir meinen Mann zu zweit verwöhnten, blieben mir die Wollhauben so lange erspart, bis er gekommen war. Einerseits war es gut, wenn er schnell kam, denn der Spagat dauerte durch das Vorspiel von Laura schon etwas länger. Andererseits konnte ich um so länger die Szenerie genießen, deren Teil ich war, desto länger ich sein Kommen hinauszögerte und ihn so um den Verstand brachte. Wenn es dann passiert war, trat Laura von hinten heran, zog mir die Wollhauben über und es wurde dunkel um mich.

Nach längerer Zeit habe ich einen anderen Plug eingesetzt bekommen. Der neue hat zwar an seiner dicksten Stelle den gleichen Durchmesser, aber sein Schaft bis zum Abschlußring ist wesentlich dicker. Mein Mann hat mir erklärt, dies sei wichtig, um meinen Schließmuskel noch mehr zu weiten. Denn genau an dieser Stelle würde später ein für mich maßgeschneidertes Verschluß- und Spülsystem eingesetzt werden. Nachdem ich gebettelt und gedrängelt habe, hat mir Stefan eröffnet, was zukünftig alles in meinen Po kommt. Das System wird ein Einzelstück, welches ein Freund von ihm anfertigt. Der Plug wird aus Edelstahl gefertigt. An seiner dünnsten Stelle am Schaft, wo ihn der Schließmuskel hält, hat er 8 cm Außendurchmesser. Innen hat der Plug ein Rohr von 6 cm Durchmesser, welches zum Körperinneren an der Spitze des Plugs offen ist und nach außen in ein Gewinde ausläuft. Darauf sitzt entweder eine Blindmutter als Abdichtung, ein Adapter zum Anschluß eines Spülschlauches oder das Rohr bleibt offen, damit Spielzeug hindurchgeschoben werden kann. An der dicksten Stelle des Plugs liegen innen neben dem Rohr Hohlräume, in die wasserdicht die Teile eines Elektro-Stimulationsgeräts samt zusätzlichen Akkus für längere Betriebszeit integriert werden. Dieses kann man mit dem Smartphone ansteuern, vom romantischen Reizstrom bis nahe zum Elektroschock. Nachdem ich mir seit längerer Zeit, wenn ich gefesselt bin, wiederholt Filme ansehen muß, in denen sich Frauen sehr lange Dildos in den Po schieben, ist mir klar, mit welcher Art Spielzeug ich gestopft werden soll. Ich habe mich schon gefragt, wie diese ganze Technik untergebracht werden soll. Stefans Antwort darauf hat mich geschockt: Die Abmessungen werden an der dicksten Stelle 12 cm Durchmesser und eine Länge von 24 cm sein!

Die Zeit verging, und unser gegenseitiges Vertrauen wuchs wieder. Nie wieder würde jemand die Regeln brechen. Mein Mann beschloß, daß Laura für ihr inzwischen Vorbildliches Verhalten eine Vergünstigung verdient hätte. Er zog sie aus bis auf den Keuschheitsgürtel, dann legte er ihr ein Halsband mit einer Öse an und kettete ihre Hände kurz daran. Sie mußte sich aufs Bett legen. Die Ober- und Unterschenkel fesselte er ihr mit Gürteln zum Frogtie aneinander. Erst dann, als sie sich nicht mehr anfassen konnte, nahm er ihr den Keuschheitsgürtel ab. Ich bekam noch eine zusätzliche Wollschicht angezogen und zwei Wollhauben übereinander, die meinen Mund freiließen und die Ohrenstöpsel eingesetzt. Dann dirigierte Stefan auch mich auf das Bett und fesselte mich im Hogtie. Er rückte Laura so an mich heran, daß ich ihre Muschi zwischen ihren gespreizten Beinen mit meinem Mund erreichen konnte. Ich konnte sie lecken, aber es war sehr mühsam, den Kopf hochzuhalten und die richtige Stelle zu treffen, ohne etwas zu sehen. Denn Laura hielt natürlich vor Erregung nicht still und wollte ständig mit ihren Händen eingreifen, was nicht ging. Sie versuchte dann, mich mit Worten an die richtige Stelle zu lotsen, aber ich konnte sie durch die Ohrenstöpsel nicht hören. Aber es gelang uns doch, viel Spaß zu haben. Den hatte auch Stefan, der uns beiden genüßlich dabei zusah, wie wir uns in unseren Fesseln wanden, um zum Ziel zu kommen.

Langsam wurde es Herbst, meine Wolle-Lieblingszeit. Daß wir jetzt zu dritt waren, machte uns Mut, neue Dinge zu wagen. Zunächst wurde für

Laura ein identisches Vibrations-Ei gekauft, so daß mein Mann uns mit seinem Smartphone beide gleichzeitig ansteuern konnte. Dann wurden für mich noch Ballet Heels mit Absatz als Stiefel angeschafft, während ich sonst zu Hause immer nur welche ohne Absatz als Stiefeletten oder Pumps benutzte. In diesen war es sehr schwer, längere Strecken zu laufen. Wir bekamen beide das Vibrations-Ei eingesetzt, Laura wurde gleich wieder in den Keuschheitsgürtel eingeschlossen. Mit Blick auf das Außenthermometer bekam ich 5 Schichten Wolle angezogen. Mein Katheter-Beutel war auch wieder unsichtbar im Einsatz. Die äußerste, sichtbare Wollschicht war weiß. Die Ballet Heels-Stiefel waren schwarz, alles andere wäre gleich dreckig geworden. Sie wurden oben an einer Lasche mit kleinen Schlössern abgeschlossen. Die Schlüssel bekam ich nicht. Aber über den Ballet Heels trug ich rosa Legwarmer-Stulpen aus Wolle, was einen sehr schönen Kontrast ergab. Über die Kleidung zog ich einen eher unauffälligen Wollmantel an, ein einfacher Schnitt, mit meinem geliebten Zopfmuster. So fuhren wir mit dem Auto in die Stadt und unternahmen einen kleinen Bummel. Da Stefan und Laura mich links und rechts unterhakten und weil die Stiefel eng saßen, ging das Laufen auf dem ebenen Untergrund sehr gut, wenn auch nicht besonders schnell. Durch meine beiden Begleiter hielten die Menschen, die auf uns zukamen, im Vorbeigehen automatisch etwas Abstand, was mir ganz recht war. Aber viele schielten danach, was unten aus dem Mantel unübersehbar hervorschaute. Sicher drehten sich auch hinter mir einige um, vermutete ich. Ich schämte mich für meine rosa Legwarmer und die Ballet Heels-Stiefel, aber es erregte mich auch, so viel Aufmerksamkeit zu erregen. Ich hatte sowieso keine Wahl, denn ich konnte die Stiefel ja nicht auszuziehen. Anschließend fuhren wir zum Stadtpark und setzten uns auf eine Bank. Stefan hatte eine Wolldecke mitgebracht, die er über meine Beine legte, so daß diese ganz bedeckt waren. Das Schlimmste war überstanden, dachte ich und genoß die frische Luft und die Ruhe. Nur dieses ganz bestimmte Lächeln auf Stefans Gesicht gefiel mir nicht. Hin und wieder kamen Spaziergänger vorbei. Einmal kam ein junges Pärchen vorbei. Die hohen Absätze der jungen Frau paßten genauso wenig in den Stadtpark wie meine, die beiden wirkten verknallt und lebensfroh. Zu meinem Schrecken stand mein Mann auf und sprach sie an. Ob sie nicht ein Foto von uns Dreien mit seinem Smartphone machen könnten. Die beiden waren spontan und gerne bereits dazu. Laura zog mir die Decke beiseite, legte diese auf die Bank und half mir beim Aufstehen. Dann öffnete sie ungeniert meinen Mantel, so daß nun auch meine weiße Wollschicht zu sehen war. Mein Mann erklärte dem Pärchen in der Zwischenzeit, daß sie auf dem Smartphone außer dem

Aufnahmeknopf auch jedes Mal vorher auf einen anderen Knopf drücken sollten, der nicht gekennzeichnet war. Wir stellten uns also für die Fotos in Pose, wobei Stefan und Laura mir diskret etwas Halt gaben. Der junge Mann drückte auf den Knopf und sofort sprangen die Vibratoren in mir und Laura auf der untersten Stufe an. Gleich darauf schoß er das erste Foto. Wir müssen wohl sehr überrascht geschaut haben, denn die junge Frau flüsterte ihrem Freund zu, daß wir wohl etwas schüchtern seien. Es folgte das nächste Foto und mit jedem vorherigen Drücken des anderen Knopfes fuhren unsere Vibratoren eine Stufe höher. Stefan ermunterte die beiden zu einigen Fotos, bis die Vibratoren auf der höchsten Stufe liefen. Ich hätte schreien können, versuchte aber, zu lächeln und mir nichts anmerken zu lassen. Es war so peinlich, in meiner vollen Wolle-Pracht vor diesen fremden Menschen zu stehen und kurz vor dem Orgasmus zu sein und weiche Knie zu bekommen. Endlich war es vorbei, Stefan dankte den beiden, sie gingen weiter und er schaltete die Vibratoren aus. Wir setzten uns wieder auf die Bank. Sobald wir wieder alleine waren, schauten wir uns die Fotos an. Die ersten zwei waren eine Katastrophe. Die Mehrzahl in der Mitte war sehr gut gelungen, unsere Gesichter strahlten unsere zufriedene Lust aus, die wir unsichtbar und unfreiwillig genossen hatten. Die mit der höchsten Stufe wirkten dann doch etwas angestrengt. Unterm Strich war es ein Heidenspaß gewesen.

Eine verschworene Gemeinschaft

Als Laura zwischendurch wieder ihre eigene Wohnung aufsuchte, stand da plötzlich ihr Ex im Treppenhaus und drängte sie in die Wohnung. Er habe Pech gehabt, meinte er kurz angebunden. Geld und Sex würden ihm fehlen und er wüßte, daß er hier beides bekommen würde. Er packte Laura, drückte sie zu Boden und es gelang ihm trotz ihrer Gegenwehr, ihr das Oberteil und den BH auszuziehen. Durch den Anblick der Brüste hochmotiviert, schob er den Rock hoch und tastete nach dem Slip, um ihn herunterzureißen und Laura gleich hier zu vergewaltigen, so wie sie da vor ihm lag. Die andere Hand hatte er schon am Reißverschluß seiner eigenen Jeans, aber was war das? Er stieß auf den Keuschheitsgürtel, an den auch Laura in ihrer Angst für einen Moment nicht mehr gedacht hatte. Damit hatte er nicht gerechnet. Er drohte ihr, den Schlüssel herzugeben, aber sie schwor, ihn nicht zu haben und er spürte, daß das die Wahrheit war. Halbherzig rannte er zu der Schublade, in der sie früher immer das Bargeld aufbewahrt hatten, griff sich die wenigen Scheine und flüchtete. Danach kam Laura sofort zu uns und wir kümmerten uns um sie. Von Männern hatte sie endgültig die Nase voll und in ihrer Wohnung fühlte sie sich alleine nicht mehr sicher. Daß wir ihr den Keuschheitsgürtel angelegt hatten, sah sie als Fügung des Schicksals an und war sehr dankbar dafür. Sie fragte, ob sie auf lange Sicht bei uns wohnen könnte. Das konnte uns nur recht sein.

Auf den Ballettunterricht freue ich mich immer, auch wenn er anstrengend ist. Damit meine ich nicht nur die vergossenen Schweißtropfen aufgrund der körperlichen Anstrengung oder meines Woll-Outfits. Es gibt da noch mehr Dinge, die mich ins Schwitzen bringen. Doch der Reihe nach. Zur Ballettstunde trage ich immer meinen abgeschlossenen Ballett-Wärmeanzug, ein rosa Wickeljäckchen und meine rosa Legwarmer, dazu weiße Ballettschläppchen aus Leder. Den Wärmeanzug kann ich sowieso nicht alleine ausziehen und auf die Legwarmer paßt Laura gut auf. Der Sinn dieser Kleidung ist eigentlich, die Muskeln schnell aufzuwärmen, danach wird sie üblicherweise abgelegt und das Training beginnt. Ich dagegen behalte die Kleidung immer an. Die anderen Ballettschülerinnen finden das sehr merkwürdig und tuscheln darüber. Laura weiß genau, daß ich in dem Vertrag unterschrieben habe, auf Fragen zu meinem komischen Auftreten so wahrheitsgemäß antworten muß, wie es noch vertretbar ist. Sie stachelt die anderen an, mich doch auszufragen, was natürlich in der Umkleide dann auch passiert. Während ich mit rotem Kopf versuche, weder zu lügen, noch zu viel auszuplaudern, schneidet Laura das Gespräch mit ihren Smartphone mit, um es später Stefan als Beweis vorspielen zu können. Aber Laura kommt auch nicht ungeschoren davon, der Keuschheitsgürtel zwickt sie und sie muß ihn unter einem längeren Röckchen verstecken. Ich will aber nicht meckern, der Unterricht ist ein Gewinn für uns alle. Laura wird immer perfekter, ich lerne das richtig zu machen, was ich mir vorher selbst angeeignet hatte. Und die Lehrerin hat sich bereit erklärt, uns auch mal Einzelstunden für Spitzentanz zu geben, was im normalen Plan nicht vorgesehen ist.

Nachdem uns das Hantieren im Bad zu umständlich wurde, hat mein Mann lange gesucht und es dann geschafft, einen ausgemusterten gynäkologischen Stuhl zu besorgen. Der steht in unserem Haus jetzt in einem Kellerraum. Daran werde ich mit den Füßen, Händen und Oberarmen fixiert, wenn Laura mir die täglichen Einläufe verabreicht oder wenn ein Katheterwechsel ansteht. Ich genieße es sehr, so hilflos präsentiert zu sein und alles passiv erdulden zu müssen. Ich liebe meinen Mann, aber es ist mir irgendwie doch angenehmer, daß eine Frau das mit mir macht. Meine jahrelang unerfüllten Wünsche werden langsam alle wahr, worüber ich sehr glücklich bin. Das letzte noch vorhandene notwendige Übel ist meine Arbeit. Ansonsten habe ich keine persönlichen Freiräume mehr, bin rund um die Uhr in Wollschichten eingeschlossen, die ich nicht alleine ablegen kann, habe keine Chance mehr auf selbstbestimmten Sex, muß immer bereit sein, Stefan zu befriedigen und mein Körper wird von ihm geformt, hinsichtlich den Fähigkeiten meines Polochs und meiner Gelenkigkeit. Genau so wollte ich immer leben. Es wird nie langweilig, nach diesem Dauerzustand von Geilheit bin ich inzwischen süchtig. Ein Leben ohne all das wäre für mich wie lebend begraben zu werden.

Wir sprachen zu dritt darüber. Wenn ich nicht mehr arbeiten würde, müßte auf andere Weise Geld verdient werden. Ob ich mich gegen Bezahlung zur Schau stellen sollte? Laura meinte, heutzutage wäre „ansehen, aber nicht anfassen" technisch gar nicht so schwer. Stefan fügte hinzu, daß sich für mich gleich mehrere Zielgruppen interessieren würden, Wolle- und Ballettfetischisten und später diejenigen, die alles über meinen Po mit dem Spül- und Verschlußsystem wissen wollten. Außerdem könnte ich meine Wollhauben tragen, so daß ich anonym bleiben würde. Die Idee reizte mich sehr. Daß mich unbekannte Fremde in meinem Dasein beobachten würden, machte mich natürlich an. Aber im Innersten meines Herzens ging es noch um etwas anderes: Heute weiß ich genau, wann mir die Fesseln wieder abgenommen werden, damit ich am nächsten Tag wieder zur Arbeit gehen kann. Ich weiß auch, daß ich von dort problemlos weglaufen könnte. Aber ich suche das Absolute, ohne Entrinnen, ohne die Möglichkeit einer Rückkehr. Ich will nicht vorher wissen, wie lange was mit mir passieren wird. Ich will mich als Sklavin ausliefern, damit ich meine innere Freiheit und mein völliges Glück finde.

Es wird kühler. Ich trage jetzt wieder 5 Schichten Wolle, letzten Sonntag sogar 6 Schichten. Gestern wurde mir der Katheter gewechselt und ich habe die nächstgrößere Größe eingesetzt bekommen. Das hat sehr gebrannt. Ich trage jetzt 22 Charr (0,73 cm Außendurchmesser, Anm. d. Autors) und der Plug ist auch größer geworden. Stefan hat gesagt, es ist ist inzwischen sehr schwierig, noch Plugs in dieser Größe zu finden, die man dauerhaft tragen kann. Der, den ich jetzt trage, hat bereits eine Innenröhre, so daß man ihn für die tägliche Spülung nicht mehr zu entfernen braucht. Zum Verschließen der Röhre ist ein Stöpsel vorgesehen, aber Stefan hat dafür aus gutem Grund eine andere Lösung. Da der aktuelle Plug nur 11,5 cm lang ist, mein Darm sich aber an 24 cm Länge gewöhnen muß, schiebt er einen aufpumpbaren Doppelball-Analplug durch die Röhre. Der eine Ball bleibt in der Röhre und verschließt sie so, der andere dehnt meinen Darm. Der Spagat geht damit eigentlich ganz gut. Ich spüre ihn dann noch intensiver, was ich sehr mag.

Stefan hat wieder etwas aus Wolle anfertigen lassen. Es ist ein Bodybag, mit einer Trennwand zwischen den Beinen und innenliegenden, befestigten Ärmeln. An den Schultern ist die einzige Öffnung, die bis eng an den Hals abgeschlossen werden kann. Es ist unmöglich, daraus zu entkommen. Ihm gefällt es, wenn ich so mit ihm im Bett liege und kuschle. Ich fühle mich hilflos wie eine Mumie. Neulich hat Stefan eine Morgenlatte gehabt und hat sie mir wenige Zentimeter vors Gesicht gehalten, aber so, daß ich gerade nicht drankam. Es erregt mich sehr, wenn ich geil gemacht werde und nicht darf.

Heute habe ich 5 Strickstrumpfhosen mit Zopfmuster an. Zu jeder Strumpfhose trage ich einen langärmeligen Rollkragenbody, über diesen Schichten trage ich einen rosa Wärmeanzug. Darüber noch rosa 90 cm lange Legwarmer und ein rosa Wickeljäckchen, passend dazu trage lachsfarbene Spitzenschuhe. Die Schulter-Träger des Wärmeanzugs sind auf meinen Rücken mit einem Vorhängeschloß zusammengezogen, so daß ich sie nicht seitlich abstreifen kann. Die Legwarmer sind mit kleinen Schlössern unter dem Rand mit dem Wärmeanzug durch die Maschen verbunden, so daß auch die Spitzenschuhe gesichert sind. Natürlich versuche ich, mich selbst anzufassen, aber viel geht da nicht. Über meinem Schritt sind insgesamt 11 Wollschichten und meine Brüste stecken unter 7 Schichten, da geht nur noch eine leichte Stimulation. Es ist sehr frustrierend, aber genau das macht mich so an. Im Schritt überlappen ja die Strickstrumpfhosen und Bodies, dazu 1 Wärmeanzug das ergibt 11 Schichten und an meinen Brüsten sind es 5 Bodies, 1 Wärmeanzug und 1 Wickeljäckchen, das sind zusammen 7 Schichten.

Wir Drei sind keine Computerfreaks, jeder von uns weiß ein wenig und zusammen bekommen wir es dann hin. Wir fanden ein Portal, auf dem wir Fotos und Videos für Fetischisten gegen Bezahlung einstellen konnten. Das schien uns recht sicher, weil Geld von den Kunden erst an dieses Portal und von dort zu uns ging, so daß wir keine Spur hinterließen. Außerdem war der Sitz im Ausland, so daß wir keine Steuern abführen mußten. Ansonsten hielten wir uns an den Ansatz „lieber old school" und fanden es sicherer, eine Wollhaube zu verwenden, als über eine Software den Gesichtsbereich erkennen und verschleiern zu lassen. Wir kauften mehrere Kameras und probierten die Blickwinkel aus. Nichts ist schlimmer, wenn im Hintergrund an der Wand noch das Bild von Oma und Opa hängt. Am einfachsten war der Raum im Keller mit dem gynäkologischen Stuhl, den wir nur mit ein paar Stoffbahnen an den Wänden drapieren und für besseres Licht sorgen mußten. Wir tasteten uns in das neue Geschäft vor und begannen damit, Fotos einzustellen. Nur in Wolle und gefesselt in Wolle. Da kam schon einmal eine gewisse Nachfrage und der Wunsch, man wolle auch Videos sehen. Das Gleiche testeten wir mit Fotos aus, die zeigen, was so alles in meinen Hintern eingeführt wird. Wir hielten einen Maßstab daneben, damit man die Größe auch glauben konnte. Auch hier gab es bald eine Nachfrage. Da Videos erheblich mehr Geld einbrachten, begannen wir, welche zu drehen. Das wurde ein ziemlicher Erfolg, die Einnahmen begannen zu fließen. Wir probierten auch Dinge aus, von denen wir uns selbst nicht sicher waren, ob sie funktionieren würden. Beispielsweise fixierte mich mein Mann wie so oft mit ausgestreckten Armen und Beinen am Bett, geknebelt, mit Wollhaube und dem eingeschalteten Vibrationsei. Er ließ mich so alleine zurück und die Kamera lief über mehrere Stunden. Der Bildausschnitt zeigte nur das Bett, ohne den Rest des Zimmers. Neben dem Bett war nicht sichtbar ein separates Mikrofon aufgebaut, so daß der Zuschauer das Surren des Eis ebenso gut hören konnte, wie mein durch den Knebel und die Wollhaube gedämpftes Stöhnen. Natürlich wirkte es bei mir wie gewohnt gehörig und ich lag wenig still, sondern wand mich unentwegt. Dieses Video hatte ganz unerwartet hohe Zuschauerzahlen. Dagegen konnte niemand etwas recht mit dem Thema Ballett anfangen, ausgenommen die Ballet Heels. Ganz aufgeben wollten wir es nicht, und so trägt in den Videos Laura einen schwarzglänzenden Zentai mit Augenschlitzen, ein Korsett und schwarze Leder-Schläppchen, wenn sie geheimnisvoll auftaucht, um mir auf dem gynäkologischen Stuhl den Katheter zu wechseln oder mich zu waschen. So kam das Geschäft mehr und mehr in Gang und wir kamen unserem Ziel immer näher, daß ich bald meine reguläre Arbeit aufgeben könnte.

Die Erpressung

Es gab immer wieder auch Anfragen von Fetischisten, die viel Geld dafür boten, meine getragene Wollkleidung zu kaufen. Das war der noch fehlende Rest zu meiner Finanzierung, ging aber nicht über das Portal. Wir verkauften den Bodybag, in dem ich inzwischen wahrheitsgemäß so manche Nacht verbracht hatte. Natürlich machten wir keine persönliche Übergabe und benutzten einen Bezahldienst. Aber wir waren wohl nicht vorsichtig genug. Nicht lange nach dem Verkauf erhielten wir eine Nachricht: der Käufer konnte mir meine Anschrift nennen und forderte Geld, andernfalls würde er mich im Internet bloßstellen. Wir hielten eine Krisensitzung ab. Schnell war uns klar, daß wir uns weder für den Rest unseres Lebens erpressen lassen wollten, noch daß wir unsere Einnahmequelle versiegen lassen wollten. Nach tagelangem Überlegen faßten wir einen mutigen Entschluß für den äußersten Notfall. Das hatte ich mir zwar insgeheim schon einmal ausgemalt, mich aber nie getraut. Ich würde die Flucht nach vorne antreten und mich ab einem bestimmten Tag mit unverhülltem Gesicht zeigen. Der Erpressung wäre damit die Grundlage entzogen und die Einnahmen würden sogar noch steigen. Aber das wollten wir als allerletzten Schritt nur riskieren, wenn uns keine andere Wahl mehr blieb. Parallel dazu verwickelten wir den Erpresser in eine Konversation. Aus den Antworten schlossen wir, daß es sich um eine Frau handeln könnte, die selbst Wollfetischistin war, die sich in ihrem Umfeld überhaupt nicht ausleben konnte, finanziell in Schwierigkeiten war und vor allem, daß sie sehr eifersüchtig auf mich war. Also packten wir sie bei ihren Schwächen. Wir überzeugten sie davon, die Geldübergabe auf einer demnächst stattfindenden Fetischparty zu machen. Sie schaffte es nicht, Nein zu sagen, denn sie bestand darauf, daß ich dort im vollen Wolle-Outfit zu erscheinen hätte und ganz sicher rechnete sie selbst sich aus, dort eine Maske tragen zu können und unerkannt davonzukommen. Aber vor allem würde ich das verkörpern, was sie sich nur in ihren Träumen ausmalen konnte und das mußte sie einfach magisch anziehen. Wir machten ihr außerdem glaubhaft, daß wir nicht ganz die Summe auftreiben konnten, die sie haben wollte, und boten statt dessen an, meine Woll-Zwangsjacke als Bezahlung obendrauf zu legen. Damit war sie einverstanden.

Zum Glück war es eine Party für alle Fetische, es gab keinen vorgeschriebenen Dresscode. BDSM in leichter Form war ebenfalls gestattet. Es war mir mega-peinlich, dort im vollen Woll-Outfit, so wie daheim, auftreten zu müssen. Meine Ballet Heels mit Absatz kamen erneut zum Einsatz. Laura benutzte das Lycra-Outfit, das sie sonst für die Webcam trug und Stefan ging einfach als Dom im schicken schwarzen Anzug. Das vermeintliche Geld war nur altes Zeitungspapier, aber wir hatten den Umschlag so zugeklebt, daß man ihn nicht so einfach öffnen konnte. Ich setzte mich in eine wenig belebte Ecke, Stefan und Laura standen unauffällig in der Nähe und gaben vor, ein Liebespaar zu sein, was mich schon etwas eifersüchtig werden ließ. Die Hitze von den vielen Menschen tat ein Übriges, scheinbar hatten alle anderen Besucher sich weniger schweißtreibende Fetische ausgesucht. Die versprochene Zwangsjacke legte ich zusammen mit dem Umschlag gut sichtbar neben mich. Zunächst passierte nichts, außer daß mich ein oder zwei Gäste bezüglich meiner Kleidung ansprachen und mir Komplimente machten. Die sei ungewöhnlich, aber schön und meine Fähigkeit, in Ballet Heels zu laufen, wäre einzigartig. Das tat mir gut, aber ich war trotzdem aufgeregt. Nach einer Weile erschien dann die Person, auf die wir warteten. Eine Frau mittleren Alters mit durchschnittlichem Aussehen. Sie trug einen Netz-Bodystocking, ein kurzes Röckchen und war in High Heels offensichtlich nicht sehr geübt. Sei es aus Leidenschaft oder als Erkennungszeichen, schwarze Legwarmer aus Wolle. Außerdem einen Umhang mit einer Kapuze. Den Umhang trug sie offen, aber die Kapuze hatte sie leicht über den Kopf gezogen. Sie setzte sich wortlos neben mich, schaute auf den Umschlag und streckte ihre Hand aus, damit ich ihn ihr geben sollte. Ich tat vertraut und freundlich, legte meinen Finger auf meine Lippen, als wenn ich um Stille bitten wollte (was angesichts der lauten Musik Blödsinn war), legte den Umschlag beiseite und hielt die Woll-Zwangsjacke so, als wenn ich sie ihr anziehen wollte. Sie zögerte kurz, konnte aber nicht widerstehen und streckte ihre Arme nach vorne. Ich zog die Woll-Zwangsjacke sanft und liebevoll darüber, so daß ihr ein Schauer über den Rücken zu laufen schien. Dann war für sie plötzlich der angenehme Teil vorbei. Stefan, Laura und ich (soweit ich es in den Ballet Heels konnte) fielen über sie her, verschlossen die Zwangsjacke und knebelten sie mit einem großen Ballknebel. Dann durchsuchten wir die Erpresserin und fanden wie erhofft ihre Garderobenmarke. Ihr Umhang erwies sich als praktisch, wir schlossen ihn und zogen ihr die Kapuze tief ins Gesicht. Wir gingen alle zur Garderobe. Ich erklärte, unserer Begleitung sei es nicht gut, sie müsse kurz an die frische Luft und wir würden besser mitgehen. Stefan hatte sie fest im Griff und die dadurch leicht gebeugte Haltung schien die vorgebliche Übelkeit noch zu bestätigen. Meine und ihre Garderobe nahmen wir mit. Auf dem nicht einsehbaren

Parkplatz durchsuchten wir ihre Alltagskleidung und fanden nur einen Autoschlüssel. Wir verwendeten die Fernbedienung, um ihr Auto zu finden. Laura und ich hielten die Erpresserin weiter in Schach. Stefan suchte im Auto und fand ihren Ausweis, ihre Bankkarten und vieles mehr. Er fotografierte alles mit seinem Smartphone. Die Alltagskleidung der Erpresserin legte er in den Kofferraum ihres Wagens. Ich nahm schon einmal in unserem eigenen Wagen Platz, da ich beim gleich folgenden Abgang die langsamste gewesen wäre. Stefan hielt der Erpresserin sein Smartphone unter die Nase und zeigte ihr das Bild von ihrem Ausweis. Sie nickte nur und gab auf. Dann brachten Stefan und Laura sie wieder an der Garderobe vorbei auf die Party. In einer gerade nicht genutzten Spiel-Ecke banden sie ihr die Hände auf dem Rücken an einem Pfeiler fest und zogen ihr die Kapuze tief ins Gesicht. Dann gingen beide zur Garderobe, holten ihre eigenen Sachen und wir fuhren rasch nach Hause. Bis die Erpresserin sich bei der lauten Musik durch den Knebel bemerkbar machen konnte oder sie zufällig gefunden wurde, gab uns genug Vorsprung. Vielleicht machte sie ja so auch unfreiwillig interessante neue Bekanntschaften. Auf jeden Fall würde sie sich hüten, jemand zu erzählen, was sie dort gewollt hatte und wie es dazu gekommen war. Sie würde uns nie mehr erpressen, denn sonst...

Ich habe diese Woche zwei neue Zopfmusterstrumpf-hosen bekommen, die ich total super finde. Sie haben einen sehr hohen Bund, so daß man sie wie einen Ballett-Wärmeanzug tragen kann. Ich mußte bei einer gleich Träger für die Schultern annähen, so daß der Bund über meinen Brüsten gehalten wird. Die andere bekommt auch noch welche. Das Gefühl ist einfach toll, wenn die Strumpfhose den ganzen Körper umspannt und im Schritt liegt sie auch noch besser an.

Unser Ziel, daß ich meine Arbeit völlig aufgeben konnte, war noch nicht ganz erreicht. Wenn ich mein Gesicht zeigen würde, würden wir sicher mehr einnehmen, aber falls mich jemand auf der Arbeit erkennen würde, wäre es dort nicht mehr lustig. Umgekehrt würden mir die Mehreinnahmen ermöglichen, gerade meine normale Arbeit an den Nagel zu hängen und blöde Kommentare wären mir dann egal. Wenn ich ehrlich zu mir selbst bin, dann sollen ruhig alle sehen, wer und was ich bin. Ich bin stolz darauf, meinen Lebenstraum so umgesetzt zu haben. Die Kunden, die meine Leidenschaft teilen, sollen daran teilhaben, wie es mit mir weitergeht und wie sich mein Körper und meine Gefangenschaft noch entwickeln werden. Laura und Stefan würden weiter anonym bleiben. Als Krankenschwester zu arbeiten, war nie gut bezahlt worden und der Streß hatte in den letzten Jahren immer weiter zugenommen.

Ich wollte leben und nicht schon vor dem Rentenalter als ausgepreßte Zitrone auf den Müllhaufen geworfen werden. Ich gab meine Kündigung ab. Am gleichen Tag kündigten wir auf der Internet-Plattform an, daß ich bald den Schleier fallen lassen würde und alleine diese Ankündigung belebte schon das Geschäft. Wir warteten wegen der Kündigungsfrist noch etwas ab, für die restliche Zeit ließ ich mich krankschreiben und da war ich! Manche hatten sich mich anders vorgestellt, aber attraktiv fanden mich fast alle, was mir sehr guttat. Nun war ich also so eine Art Kuriosum, das jeder gegen Bezahlung ansehen konnte. Aber das störte mich nicht, denn Ich war Ich.

In der virtuellen Öffentlichkeit

Es war doch ungewohnt, sich so zur Schau zu stellen. Aber es machte mir auch Mut. Wir suchten abgelegene Orte auf, die keine Anhaltspunkte boten, und begannen damit, auch draußen Videos von mir zu drehen. Das kam sehr gut an. Aus den Kommentaren konnte man lesen, daß einige Abonnenten wohl geglaubt hatten, meine Fähigkeit, in Ballet Heels und Spitzenschuhen zu laufen, sei ein Fake unter Studio-Bedingungen. Im Laufe der Zeit erkannten und lobten sie auch, daß ich meine Wollschichten so weit wie irgend möglich tatsächlich auch im heißen Sommer draußen trug.

Gestern habe ich wieder das Spitzentraining absolvieren müssen. Ich habe zuerst 30 Sekunden auf der Stelle auf Spitze stehen müssen, dann habe ich 20 Schritte auf Spitze laufen müssen und dann noch einmal 30 Sekunden auf Spitze stehen müssen. Die 30 Sekunden am Schluß habe ich nicht mehr geschafft, schon nach 10 Sekunden konnte ich nicht mehr. Danach mußte ich eine halbe Stunde in den Spagat, bis Stefan gekommen ist, das war sehr hart. Heute früh hat er mir eröffnet, daß ich jetzt meine Bestrafung dafür bekomme, daß ich meine Aufgabe gestern nicht bewältigt habe.

Nach dem Duschen hat er mich auf dem Gynstuhl festgeschnallt. Als Erstes schloß er den Klistierbeutel mit ca. 2,5 Liter warmem Wasser an. Sonst bekomme ich immer den gesammelten Urin von mir und ihm in den Beutel, und wenn es weniger als 2,5 Liter sind, dann wird mit Wasser bis dahin aufgefüllt. Während also das Wasser in mir einlief, schloß er an meinen Katheter eine Spritze mit 0,5 Liter Kochsalzlösung an und drückte sie in meine Blase. Der Einlauf war inzwischen in meinem Po und die Blase war jetzt auch voll, da drehte er meinen Blasenkatheter zu und entfernte ihn gleich darauf. Dies kommentierte er damit, daß ich die Kochsalzlösung gefälligst in mir halten sollte. Das ging aber überhaupt nicht. Mit dem ganzen Druck in mir und dem lahmgelegten Blasenschließmuskel passierte das Unglück, ich lief aus. Er stauchte mich mächtig zusammen und sagte, daß das viele Strafpunkte geben würde.

Danach ließ er meinen Einlauf ab und füllte den Beutel anschließend erneut. Dieses Mal mit Urin und Wasser. Der Beutel war fast voll, also ca. 3,5 Liter, was selbst für mich schon sehr viel ist. Er schloß den Beutel wieder an und ließ die Mischung einlaufen. Während das Klistier in mir einlief, setzte er mir einen neuen Katheter und dann kamen noch einmal 0,5 Liter Kochsalzlösung in meine Blase. Den Katheter verschloß er danach. Dann holte er einen Vakuumzylinder, den er auf meine Klitoris setzte. Die zog er kräftig in den Zylinder. So ließ er mich dann für ca. 20 Minuten im Keller liegen. Als er wieder zurückkam, war der Einlauf schon bestimmt seit 15 Minuten komplett in mir und ich jammerte nur noch. Er kam näher, schaltete das Vibrationsei in mir an und hielt auch noch einen Vibrator an den Zylinder. Dann sagte er, daß er die Flüssigkeiten erst dann ablassen würde, wenn ich gekommen wäre. Das dauerte bestimmt weitere 10 Minuten. Als er danach endlich den Katheter und das Darmrohr öffnete, machte er mir klar, wie die Zukunft aussehen würde. Ich dürfte nur noch kommen, wenn ich komplett gefüllt wäre. Er würde mit der Zeit meinen Körper so trainieren, daß ich irgendwann nur noch auf diese Weise kommen könnte.

Manchmal bin ich kein Engel und zu schwach, um meine Gier nach Lust beherrschen zu können. Das ist ja auch der Grund dafür, daß ich die ganzen Vorkehrungen ertrage, die mich von Dummheiten abhalten sollen, die ich später bereuen würde. Wobei mich die erzwungene Keuschhaltung und meine durch Stefan fremdgesteuerte Lust noch rattiger machen. Dieses Mal ging der Schuß nach hinten los. Ich war mit Laura alleine und wurde von ihr auf dem Gynstuhl versorgt. Da sie mich leichtsinnigerweise nicht geknebelt hatte, bettelte ich darum, daß sie mich fisten solle. Erst war sie beleidigt und ging aus dem Keller und ließ mich auf dem Stuhl fixiert zurück. Aber dann kam sie wieder, seufzte kurz und tat mir den Gefallen. Ich genoß es sehr, hatte aber irgendwie ein ungutes Gefühl dabei. Laura hatte unbekümmert Spaß, zumindest konnte sie mich heiß machen, wo sie selbst doch in ihren Keuschheitsgürtel eingesperrt war. Ich hatte das vorher noch nie von ihr verlangt und es würde bei diesem einen Mal bleiben. So kam es auch, aber anders als gedacht. Denn auf einmal stand Stefan neben uns. Er war früher als geplant zurück. Er sah sofort, was die Stunde geschlagen hatte. Als wir beide versuchten, es kleinzureden, wurde er sauer und meinte nur, dagegen müßte er bei mir etwas unternehmen und auch Laura würde nicht ungeschoren davonkommen. Ich verbrachte den Rest des Tages bis zum Abend (wie ich später feststellte) auf das Bett gefesselt, samt Knebel und Sinnesentzug durch Ohrstöpsel und Wollhauben. Was währenddessen mit Laura geschah, wußte ich nicht und das machte mir Sorgen. Am Abend sah ich sie wieder. Stefan hatte mich geknebelt gelassen, aber die Wollhauben und die Ohrstöpsel entfernt. Er hatte mir die Ballett-Spitzenschuhe angezogen und die Arme auf den Rücken gefesselt. Laura trug ihren schwarzglänzenden Lycra-Ganzanzug und ebenfalls Spitzenschuhe. Auch sie war geknebelt und ihre Arme hinten gefesselt. Stefan war ruhig, und das machte mir Angst. Laura und ich sahen uns fragend an, nichts Gutes ahnend. Stefan sagte, zunächst würden wir beide in der Ballettschule weitere Privatstunden nur für den Spitzentanz nehmen, denn damit wäre er noch lange nicht zufrieden. Auch Laura würde so wie ich Aufgaben und Zeitvorgaben bekommen und Strafen, wenn sie dies nicht erfüllen würde. Er dirigierte uns beide mit dem Rücken zur Wand und befahl uns, auf Spitze zu stehen, so lange, bis er fertig wäre. Mit dem Anlehnen ging das natürlich leichter, aber wir hatten keine Ahnung, wie lange es dauern würde. Er fuhr fort, daß Laura sich erneut einen Vertrauensbruch erlaubt hätte, und sie wüßte ja, was beim letzten Mal die Folge gewesen sein, wobei er auf ihre Hüfte mit dem Keuschheitsgürtel unter dem Anzug deutete. Er meinte, eine wirkliche Strafe für sie wäre nur etwas, was sie nie gewollt hätte. Darum habe er entschieden, daß auch sie ab jetzt einen dauerhaften Katheter unter ihren Keuschheitsgürtel gesetzt bekäme. Das wäre auch viel hygienischer als der jetzige Zustand, womit er leider recht hatte. Er ordnete außerdem an, daß so auch Lauras Urin gesammelt werden und für meine Einläufe verwendet werden sollte. Laura zitterte, schaffte es aber gerade noch, auf Spitze zu bleiben, aus Angst vor weiteren Strafen. Nun war ich an der Reihe. Offensichtlich wären die bisher eingeführten Maßnahmen nicht wirkungsvoll genug gewesen, meinte Stefan. Er könne mich nicht persönlich rund um die Uhr bewachen und er müsse außerdem jede Gelegenheit für Laura ausschließen. Daher habe er, um mich so sicher wie möglich zu verschließen, beschlossen, meine Vagina mit einem Piercing versehen zu lassen, welches sich mit kleinen Schlössern abschließen ließe. Nur er würde den Schlüssel dazu haben. Er fügte noch hinzu, daß ich mich so auch noch weniger als bislang schon selbst durch meine Wollschichten anfassen und stimulieren könnte. Ich war genauso fassungslos wie Laura, aber ebenso klug genug, weiter auf Spitze stehen zu bleiben, auch wenn es begann, wehzutun. Stefan beobachtete unsere gemeinsamen verzweifelten Bemühungen, trotz weicher Knie aufgrund der Ankündigungen, bloß nicht ohne Erlaubnis abzusetzen. Da setzte er noch einen drauf, indem er uns anwies: Wer zuerst von der Spitze absetzt, bleibt geknebelt und schläft im Hogtie hier auf dem Sofa. Wer von euch beiden es länger als der andere schafft, wird von Fesseln und Knebeln befreit und darf bei mir im Bett schlafen, wobei die Spitzenschuhe anbehalten werden. Laura war die Geübtere und gewann.

Die Strafaktion brachte Stefan auf die Idee, sie quasi auszuschlachten. Mein Einlauf-Training wurde gefilmt und erhöhte unsere Internet-Einnahmen. Daß ich dabei manchmal jammerte, kam offenbar sehr gut an. Das brachte mich zu der Gewissensfrage, ob ich es manchmal einfach vorspielen sollte. Ich entschied mich dagegen. Nicht nur, weil ich keine gute Schauspielerin bin, sondern weil ich ehrlich und authentisch bleiben möchte. Auf das Niveau einer Pornodarstellerin will ich nicht sinken. Die Abfüllung des Urins von mir und Laura in einen gemeinsamen Behälter, die als Vorbereitung für meinen Einlauf auch gefilmt wurde, bescherte uns eine weitere ungeahnte Nachfrage. Einige Interessenten wollten diese Mischung unbedingt kaufen und boten dafür ordentliche Beträge. Aber nach der schlechten Erfahrung mit der Erpresserin wollten wir so etwas nicht mehr machen und scherzten nur noch über die Sektmarke ‚Chateau Urine'. Wir veränderten Lauras Outfit, sie bekam einen Anzug mit einem Schrittreißverschluß, so daß der Schlauch zu ihrem kleinen Urinbeutel nach außen geführt werden konnte. Diesen befestigten wir optisch ansprechend seitlich an ihrem Bein, nicht unähnlich der Messerscheide bei einer Action-Heldin. Wir gestalteten ihr Auftreten etwas selbstbewußter und ließen sie damit kokettieren. Es gab Nahaufnahmen, wenn sie auf Spitze stand und die Tröpfchen durch den transparenten Schlauch ihren Weg in den Beutel fanden. Es war nötig, ein kleines Loch für den Schlauch in ihren Keuschheitsgürtel zu bohren. Hinter den Kulissen konkurrierte Laura manchmal mit mir. Stefan ließ uns beide beim Spagat und beim Stehen auf Spitze gegeneinander antreten. Aber ich wurde besser.

Laura ging immer noch halbtags arbeiten. Mir blieb das inzwischen erspart. Nach einer ersten Zeit der Eingewöhnung begann ich, den Begriff Zeit und mein Dasein als solches anders zu betrachten. Es gab keinen Grund mehr, mich zu einer bestimmten Zeit aus meinen Wollschichten zu befreien. Ich wußte nicht, wann ich wieder aus den Fesseln und dem Sinnesentzug befreit werden würde. Ich konnte mich jetzt ganz auf meinen speziellen Lebensstil konzentrieren. Ich hatte nach so vielen Jahren mein Glück gefunden. Dafür nahm ich gerne in Kauf, daß es nun kein Zurück mehr gab. Ich sprach öfter mit Laura darüber. Sie war zwar froh, daß sie theoretisch noch gehen konnte, wenn sie es wollte. Aber sie geriet zunehmend in den gleichen Bann.

Mein Mann kam heute später heim. Vor seinem Weggehen hatte er mich mit fünf Schichten Strickstrumpfhosen und fünf Schichten Bodies fest verschlossen. Um ihm zu gefallen, zog ich mir eine Stunde vor seiner Rückkehr eine sechste Schicht mit Schlupfmütze und Handschuhen an, darüber Spitzenschuhe und Legwarmer. Das alles sicherte ich auch wieder mit Vorhängeschlössern. So saß ich auf meinem Sofa und wartete auf meinen Herrn. An Wochenenden trage ich jetzt unter meinen Schichten ein Schnürkorsett, das meine Haltung verbessert. Das schränkt meine Bewegungsfreiheit schon ganz schön ein.

Das Internet ist eine spannende Sache. Über die Plattform, auf der wir unsere Fotos und Videos veröffentlichten, erhielten wir eine merkwürdige Nachricht, mit der Bitte um Kontaktaufnahme. Wir besorgten uns eine Wegwerf-Emailadresse und schrieben zurück. Es stellte sich heraus, daß es eine junge Frau von den Philippinen war. Sie benutzte ein Übersetzungsprogramm, da sie kein Deutsch konnte. Sie war genau wie ich von Wolle fasziniert, hatte aber dort aufgrund des Klimas und mangels Geld gar keine Möglichkeit, es auszuleben. Nach einer Weile offenbarte sie uns, daß sie als Content Managerin bei einer Firma arbeitete, die unsere Plattform angeheuert hatte. Ihre Aufgabe war es, unangemessene Bilder und Videos zu finden und zu löschen. So war sie auf mich gestoßen und hatte nicht anders gekonnt, als mich anzuschreiben, obwohl das verboten war und sie ihre Arbeit kosten konnte. Sie mußte sich in ihrem Job wohl viele grausame und ekelige Dinge ansehen, vielleicht suchte sie bei mir einen Ausgleich. Dem, was sie da zu sehen bekam, war es vermutlich auch geschuldet, daß sie nicht katholisch-geschockt auf das reagierte, was von meinen Löchern zu sehen war. Obwohl ich merkte, daß sie, genau wie ich, es besser fand, wenn alles sicher verschlossen wäre. Wir fanden Vertrauen zueinander. Irgendwann schrieb sie, wenn ich ihr einen Gefallen tun würde, dann würde sie mir dabei helfen, daß ich meine Art zu leben nie wieder aufgeben müßte. Sie wünschte sich Bilder von mir im extremen Woll-Outfit nach ihren Vorstellungen. Das war kein Problem, denn es war eher eine Bereicherung und die Fotos konnte ich später auch für unsere Plattform benutzen. Laura war inzwischen mit der Kamera genauso geübt wie Stefan. So bekam die junge Frau, deren richtigen Namen wir bis heute nicht kennen, ihren Wunsch erfüllt. Sie hielt Wort. Sie zeigte uns eine andere Plattform, die wir noch nicht kannten und auch nicht in Betracht gezogen hätten. Auf der tummelten sich üblicherweise Promis, Influencer und selbsternannte It-Girls, die nur gegen Bezahlung Dinge für ihre Fans taten, z.B. sich mehr oder weniger auszuziehen. Angesichts dessen, daß ich keine 20 mehr war und mich eher an- als ausziehen würde, war ich skeptisch. Aber wir wagten es. Ich bin wohl doch recht speziell, und so dauerte es, bis ich eine zahlende Fangemeinde aufbauen konnte. Wir hatten viele Kontakte im Ausland. Neu war die Möglichkeit, gegen eine noch höhere Bezahlung mit mir Live-Interviews führen zu können. Laura betätigte sich dabei oft als maskierte Dolmetscherin, da sie gut Englisch konnte. Ich kam manchmal verlegen ins Schwitzen, da ich gemäß meinem Sklavenvertrag alle Fragen wahrheitsgemäß beantworten mußte. Es kam öfter vor, daß ich für das Interview sichtbar fixiert wurde. Ein Fan hatte Vergnügen daran, sich mit mir zu unterhalten, während ich geknebelt war, so daß ich nur sehr mühsam etwas halbwegs Verständliches herausbrachte und seine peinlichen Fragen über mich ergehen lassen mußte. Ich bin der jungen Frau heute noch dankbar, wir hatten so die Möglichkeit, Ersparnisse anzulegen, für schlechte Zeiten, da ich tatsächlich nie wieder anders leben und nie mehr normal arbeiten gehen wollte. Ab einem Tag meldete sie sich nicht mehr. Wir hoffen, daß sie nicht erwischt wurde.

Die Umstände, unter denen ich dem Autor heimlich schreiben kann, werden immer abenteuerlicher. Stefan hat mich heute vor 3 Stunden ans Bett gebunden und ist weggegangen. Gnädiger weise hat er mir die Hände vorne zusammengebunden, auf Handschuhe verzichtet und mir mein Smartphone gelassen, damit ich mich nicht langweile. Das kommt sehr selten vor.

Auf der neuen Internet-Plattform, nur für meine Fans, verstand es Stefan, unseren Gewinn zu mehren. Wir führten eine Bezahlliste neu ein. Meine Kunden konnten so bestimmen, was an Kleidung ich zusätzlich zu meinen Schichten anziehen mußte und wie lange ich es dann tragen mußte. Diejenigen, die auf Ballett standen, konnten bestimmen, wie lange ich auf Spitze stehen mußte. Diejenigen, die auf Bondage standen, konnten bestimmen, auf welche Art und wie lange ich gefesselt sein würde. Desto mehr, desto länger, desto teurer. Natürlich gab es Grenzen dafür, was ich ertragen konnte. Das war schon viel, darüber hinaus war für alles Geld der Welt nichts zu haben. Mein Po-Verschluß war noch Zukunftsmusik, aber wir planten auch dafür schon ein Geschäftsmodell. Meine zahlenden Fans würden bestimmen können, welcher Dildo in mich eingeführt werden würde und mit wieviel Druck er aufgepumpt werden würde. Wenn sie noch etwas drauflegen würden, dürften sie auch bestimmen, wie lange ich ihn in mir behalten müßte. Oder, was für eine geile Idee, wenn ich an den Gynstuhl gefesselt wäre und die Kunden mein Spülgerät online steuern könnten. Die Kunden könnten bestimmen, wie groß meine Einläufe wären, wie lange ich sie in mir behalten müßte und wie oft ich hintereinander gespült würde. Seufz, soweit waren wir aber noch nicht.

Ein maßgeschneiderter goldener Käfig

Zuletzt mußte ich meinen Personalausweis verlängern lassen und dazu aufs Amt. Diese stinknormale Welt da draußen wurde mir zunehmend langweiliger und die Menschen in ihr immer rücksichtsloser und verrückter. Da zog ich mich lieber in meinen Kokon aus Wolle zurück, für die nächsten Jahre mußte ich ja nicht wieder zum Amt. Laura war gegenüber Stefan weiterhin devot und sie würde es auch immer sein. Aber dennoch gelang es ihr, ihre Machtposition auszubauen. Ich konnte nicht viel dagegen tun, außerdem wollte ich ja rund um die Uhr kontrolliert werden. Auf Stefans Wunsch überwachte sie meine Kommunikation mit der Außenwelt. Stefan ließ sich von Laura gerne vortanzen, mal während ich ihn befriedigte, mal wenn ich gerade fixiert war. Laura übte meine Unterschrift, um bei Bedarf lästige Dinge von mir fernhalten zu können, wie Stefan meinte. Die beiden meldeten mich bei der Ballettschule ab, was mir gar nicht gefiel. Aber sie meinten, ich solle abwarten. Laura setzte sich für mich ein, damit ich bald mein Verschluß- und Spülsystem bekäme. Mein Mann sparte von unseren Einnahmen relativ viel an. Es war also etwas im Gange.

Es dauerte aber noch ein halbes Jahr, bis ich selbst sehen konnte, was es war. In unserer Nähe stand schon lange ein Ladenlokal leer, es befand sich einfach am falschen Ort. Die Mieter hatten mehrfach unter Hinterlassen von Mietschulden gewechselt und irgendwann zog deren Mißerfolg auch den Eigentümer mit ins Verderben. Die Räumlichkeit kam in die Zwangsversteigerung und da hatte Stefan zugeschlagen. Das Hausgrundstück war von der Straße her gesehen schmal, dementsprechend war auch das Schaufenster nicht besonders groß. Das Ladenlokal hatte hinter dem für Kunden sichtbaren Teil mehrere Räume hintereinander, wie ein Schlauch. Vor allem aber waren die Räume klimatisiert. Der Hinterausgang mündete in einen kleinen Hof, der von einer Mauer umgeben war und auch von oben nicht einsehbar war, weil man ein Vordach über fast den ganzen Hof gespannt hatte. Stefan hatte ganze Arbeit geleistet und zusammen mit Laura im Inneren verborgen eine Welt nur für mich geschaffen.

Das Schaufenster war mit einer halbdurchlässigen Folie verspiegelt. Wenn es draußen heller war als drinnen, konnte man nicht hineinsehen. Drinnen gab es schwere schwarze Vorhänge, die innen gummiert waren, wie man es aus Hotelzimmern kennt. Damit konnte man nachts drinnen Licht machen, ohne daß es draußen jemand mitbekam, außerdem dämpften sie den Schall. Der Raum war fast leer. Nahe dem Schaufenster war auf einem Sockel ein bequemer Stuhl mit Armlehnen und Kopfstütze fest verschraubt. Daran befanden sich Befestigungen, um mich fixieren zu können. Das passierte dann natürlich auch, zusätzlich wurde ich geknebelt. Ich konnte die Passanten auf der Straße genau sehen und fühlte mich beobachtet und ausgeliefert, gerade das gab mir einen Kick. Obwohl mir mein Verstand sagte, daß sie mich unmöglich sehen konnten. Ich könnte zappeln und zu schreien versuchen, selbst wenn jemand genau vor dem Schaufenster stehen würde, würde er nichts mitbekommen, achtlos weitergehen und mich in meiner hilflosen Gefangenschaft zurücklassen. Das machte mich auch schon wieder an.

Die wichtigsten Räume waren das Schlafwohnzimmer und der Sanitärraum. Das Schlafwohnzimmer war komplett rosa gestrichen. Die Vorhänge waren aus Baby-Wolldecken mit Zopfmuster geschneidert. Das weiße Bett war auch mit diesem Stoff bezogen und hatte die Maße 200 cm x 200 cm. Auf dem Bett war ein medizinisches Fixierungssystem angebracht, welches den Unter-, Oberkörper und den Kopf fixierte. Mit der Besonderheit, daß die Arm- und Beinmanschetten an Stahlseilen befestigt waren und auf Knopfdruck eine kleine elektrische Seilwinde in Gang gesetzt wurde, die die Beine fast in einen Spagat zog und die Arme weit vom Oberkörper abspreizte. So konnte ich mich selber fesseln, auf Befehl oder wenn ich es selbst wollte. An der Wandseite, wo das Bett stand, und an der Fußseite waren Spiegel angebracht, ebenso einer an der Decke. So konnte ich mich selber betrachten und es gab auch keinen toten Winkel für die mehreren Kameras. Am Spiegel an der Fußseite war eine Ballettstange angebracht, um mein Balletttraining durchzuführen.

Weiter stand ein großes offenes weißes Regal darin, mit 6 Fächern in der Breite und 5 Fächern in der Höhe. Über der ersten Reihe, die doppelt so breit war wie die anderen Reihen, stand in großer Schrift „Strickstrumpfhosen" und es lagen in jedem der fünf Fächer 20 Strickstrumpfhosen. Die obersten in weiß, dann rosa, dann hellgelb, dann noch hellblau und das unterste Fach war für die Spitzenschuhe, Ballet Heels, Schläppchen, Korsetts und andere Sachen, die so benötigt wurden. Über den nächsten zwei Reihen stand „Rollkragenbodies". In der ersten Reihe waren es je 10 Rollkragenbodies in den jeweiligen Farben, in der zweiten Reihe genau das gleiche, nur mit angenähten Schlupfmützen und Handschuhen. Über der nächsten Reihe stand „Ballett-Wärmeanzüge". Da waren auch jeweils 10 Stück in den unterschiedlichen Farben drin. Dann gab es noch eine Reihe mit Wickeljäckchen und eine Reihe mit Legwarmern, auch jeweils 10 Stück. Die Steuerung der Kameras erfolgte von einem anderen Raum aus. Es gab einen Laptop auf einem Tischchen, der momentan noch einen offenen Internetzugang hatte, später aber darauf beschränkt werden würde, um über ihn den Kontakt mit meinen Kunden zu halten.

Der Sanitärraum war weiß gefliest. In der Mitte würde mein Gynstuhl für die täglichen Bedürfnisse stehen. Daneben stand etwas Neues. Stefan hatte lange gesucht und einige tausend Euro ausgegeben, um ein gebrauchtes Spülgerät für meinen Darm zu kaufen, wie es stationär in Krankenhäusern zu finden ist. Das war keine Spielerei, sobald mein Po endgültig verschlossen würde, brauchten wir das, ohne wäre es nicht möglich. In diesem Raum gab es ein Regal, in dem die ganzen Sachen für das Kathetersetzen lagen und natürlich die Katheter selbst. Im Regal lagen auch die langen Dildos, manche zum Aufpumpen, um meinen Dickdarm zu dehnen. Auch dieser Raum war mit einem Spiegel an der Decke für mich und mit mehreren Kameras versehen, so daß die Kunden alles sehen können.

Es war ein süßes kleines Gefängnis. Der Ballettunterricht wurde jetzt von Laura durchgeführt. Frische Luft schnappen konnte ich im Hof, ohne daß jemand etwas auffiel. Ich pendelte anfangs zwischen unserem Haus und meinem neuen goldenen Käfig. Stefan bestimmte, wo ich mich aufzuhalten hatte. Ich führte meinem Publikum die neue Umgebung vor und sie wurde sehr gut angenommen. Als Highlight gab ich eine Darbietung mit der neuen Vorrichtung, mit der ich mich selbst fesselte, nachdem ich mich zuvor mit angenähten Handschuhen, Schlupfmütze und Knebel sicher verpackt hatte. Das Schaufenster war meine private Sache, zu leicht hätte ein Zuschauer beim Blick aus dem Fenster herausfinden können, wo sich die Räumlichkeiten befanden. Mindestens einmal in der Woche wurde ich dort auf dem Stuhl fixiert und geknebelt. Das Vibrations-Ei summte in mir und ich fühlte mich wie eine Prostituierte in einem Schaufenster im Amsterdamer Rotlichtviertel. Nur daß ich eine unsichtbar zur Schau gestellte Woll-Puppe und ein lebendes Sexspielzeug war.

Laura hatte sich da einmal einen bösen Spaß erlaubt. Sie hatte eine Lampe nahe des Schaufensters innen seitlich vor dem geöffneten Vorhang plaziert und eingeschaltet. Sie war nicht besonders hell und zunächst störte sie nicht. Doch dann kam langsam schleichend die Dämmerung, und zum Glück kam Laura wieder zurück. Denn mir wurde klar, daß ich langsam von außen sichtbar werden würde. Das war zwar im ersten Moment ein Kick, aber dann begann ich ganz schnell, Laura mit großen Augen flehend anzusehen und durch den Knebel zu stöhnen, damit sie mich aus meiner mißlichen Lage befreien würde. Sie ließ mich erst noch sprichwörtlich zappeln, dann löschte sie das Licht. Hinterher erzählte sie mir lachend, daß sie draußen eine versteckte Kamera angebracht hatten, die die Straße vor dem Schaufenster einsah und das Bild auf ihr Smartphone übertrug. Sie hatte so bis zum letzten Moment meine mißliche Lage auskosten können und die Lampe erst ausgeknipst, als sich der erste Passant näherte.

Dann mußte draußen etwas passiert sein. Ich beobachtete aus meinem Schaufenster über die Zeit, daß viel weniger Menschen auf der Straße waren und daß sie begannen, mit Atemschutzmasken herumzulaufen, wie ich es nur aus dem Fernsehen aus asiatischen Ländern kannte. Stefan durfte auf einmal von zu Hause aus arbeiten, was er wegen meiner Gefangenhaltung schon lange wollte, was aber bislang abgelehnt worden war. Ich verbrachte immer weniger Zeit zu Hause und war nun fast ständig in meinem Woll-Gefängnis, wo sich Stefan und Laura mit meiner Überwachung und Vermarktung abwechselten. Sie sagten mir nur, daß ich dort am sichersten sei, weil ich mich so von fremden Menschen fernhalten würde. Die beiden legten großen Wert auf Hygiene, sie desinfizierten sich jedes Mal gründlich die Hände, sobald sie eintraten. Was mir auch auffiel war, daß sich die Anzahl meiner Online-Kunden rasch erhöhte. Nur über den heimlichen Kontakt mit dem Autor erfuhr ich, daß es da draußen eine Art neue unbekannte Seuche gab, gegen die bislang noch kein Mittel gefunden wurde.

Vielleicht war es das Gefühl, daß es kein Morgen geben könnte, welches Laura unerwartet zu meiner Verbündeten machte. Sie drängte Stefan dazu, endlich mein Vagina-Piercing machen zu lassen, da sie beobachtete, daß die Tattoo- und Piercing-Studios bereits schließen mußten. Das überzeugte ihn schließlich. Es ging dann auch tatsächlich nur noch konspirativ im Hinterzimmer eines Studios mit zugezogenen Vorhängen und kostete Stefan mehr Geld, weil er einen Angstzuschlag bezahlen mußte. Das Ziel war, das Piercing so sicher zu gestalten, daß ich später nicht einmal mehr mit dem kleinen Finger in mich eindringen können würde. Wir entschieden uns für je 5 Ringe an den Schamlippen und einen zusätzlichen Ring am sogenannten Damm (Hautfalte zwischen Anus und Vagina), um später selbst ein Eindringen von unten unmöglich zu machen. Zusätzlich wurde auch über meiner Klitoris ein Ring angebracht, so daß ich auch von oben nicht mehr an sie herankam. So ließen wir es erst einmal, damit es abheilen konnte und notfalls wieder entfernt werden konnte. Nachdem wir uns sicher waren, daß ich es dauerhaft tragen konnte, erfolgte der nächste Schritt. Wir zeichneten ihn natürlich auf und stellten ihn später auf unsere Bezahl-Seite. Ich bekam einen Keuschheitsschild auf mein Piercing gesetzt. Dazu kam eine ovale Halbschale zum Einsatz, die man sich von der Wölbung her vorstellen mußte wie einen großen Servierlöffel ohne Stiel. Sie wurde von Stefan heimlich auf seiner Arbeit mit einem 3D-Drucker aus Industriekunststoff hergestellt. Jeweils auf der Höhe eines Piercing-Rings hatte sie einen Schlitz, durch den dieser hindurchgezogen wurde, was ich deutlich spürte. An jedem Schlitz war ein Steg mit einer Verdickung, über den der Ring wie über einen Haken gezogen wurde, so daß er nicht mehr durch den Schlitz zurückgleiten konnte. Meine Schamlippen hielten ihn auf Spannung. In der Halbschale befand sich ein Loch von 11 mm Durchmesser, um den Katheter hindurchzuführen. Unter diesem Loch wurde das Damm-Piercing eingehängt. Darauf bestand Stefan und meinte, ich hätte es ja unbedingt gewollt, als ich mir seinerzeit einen Vaginalverschluß gewünscht hätte. Ich muß noch erwähnen, daß meine Klitoris auch durchstochen wurde, so daß man den Ring entweder direkt in diese Halbschale einhängen konnte oder aber mit einem Gummi an einem Nocken befestigen konnte, der in der Mitte hervorstand. Über diese erste Halbschale wurde eine zweite gelegt, die völlig geschlossen war, bis auf die Durchführung für den Katheter und ein mittiges Loch für diesen Nocken, der dann überstand und mit einem Verschlußstück für ein kleines Vorhängeschloß versehen wurde. Das Verschlußstück wurde auch per 3D-Drucker erzeugt und war so geformt, daß der Bügel des Schlosses in einer Nut lief, so daß man ihn nicht mit einer Zange packen konnte. Stefan hatte seine Freude daran gehabt, auf das Verschlußstück „Woll-Sklavin Sabine" zu gravieren, eine Kennzeichnung meiner Person, die ich sehr erniedrigend fand. So deckte diese zweite, äußere Halbschale die Befestigung meiner Ringe ab, die ich nun nicht mehr aushaken konnte. Sie bestand aus glanzpoliertem Edelstahl und war rund 9 cm lang und 6 cm breit. Diese Konstruktion verschloß mich komplett und schloß jegliche Stimulation durch mich selbst aus. Ich war bislang schon Sklavin gewesen, aber nun war ich Stefan völlig ausgeliefert, was meine sexuelle Befriedigung anging. Irgendwie beruhigte mich diese absolute Gewißheit aber auch, daß ich nie wieder schwach werden und mich selbst anfassen und hinterher schmutzig fühlen könnte.

Der endgültige Verschluß

Mein Po tut immer noch weh, aber es ist schon viel besser als am Samstagnachmittag. Ich hatte nun wieder einige Tage bei uns zu Hause verbracht. Am Samstag früh um 7 Uhr hat mich Stefan geweckt, er sagte komm, aufstehen, es wird heute ein harter Tag für dich, bis Mittag haben wir dir deinen Analverschluß eingesetzt und danach bekommst du einen Orgasmus, wie du ihn noch nie zuvor gehabt hast. Das freute mich sehr - Stefan hatte mich seit 6 Wochen konsequent keusch gehalten, scheinbar als Vorbereitung für diesen Moment. Er löste meine medizinischen Fesseln und half mir, die Ballet Heels auszuziehen. Dann entfernte er das Schloß in meinen Schritt und half mir aus dem Bett, weil meine Glieder noch steif von der Fixierung waren. Er sagte mir, ich hätte 30 Minuten Zeit, um meine Wollschichten auszuziehen, mich zu duschen und mich wieder in 6 neue Wollschichten einzupacken, die er mir schon bereit gelegt hatte. Es waren die Bodies und Strickstrumpfhosen, die ich seit einer Woche mit einem Loch über meinen Po versehen hatte. 30 Minuten waren dafür nicht viel Zeit, ich mußte mich sehr beeilen. Als ich die neuen Bodies und Strickstrumpfhosen angezogen hatte, brachte er wieder das Schloß an und zog mir meine Ballett-Spitzenschuhe an, darüber die langen rosa Ballett-Stulpen, welche ich schon in der vergangenen Nacht über den Ballet Heels getragen hatte. Stefan führte mich in das Eßzimmer, wo er das Frühstück schon vorbereitet hatte. Er sagte, daß ich mich erst einmal gut stärken solle, bevor wir beginnen würden, den Plug einzusetzen.

Während ich frühstückte, ging er kurz aus dem Raum und kam nach einer Minute wieder mit einer Kiste in der Hand zurück, stellte sie auf den Tisch und öffnete sie. Dann holte er den Monsterplug aus der Kiste und ich sah ihn zum ersten Mal. Er war echt riesig, so wie er es angekündigt hatte: er war 24 cm lang, maß an der dicksten Stelle 12 cm Durchmesser und an der dünnsten Stelle (an meinem Schließmuskel) 8 cm Durchmesser. Er sah aber nicht aus wie ein handelsüblicher Kegelplug mit einer schmalen Spitze. Nein, er hatte eine abgerundete Spitze, etwa in Form einer 12 cm großen Kugel und an der Spitze war das 6 cm große Loch zum Spülen und zum Einführen eines langen Dildos, ohne dabei den Plug entfernen zu müssen.

Außerdem war da noch ein kleines Loch neben dem großen Loch an der Spitze, worauf ich mir keinen Reim machen konnte. Der Plug glänzte silbern und hatte ein absolut glatte Oberfläche, so daß man sich darin spiegeln konnte. In der Mitte des dicken Abschnitts war ein schwarzer Ring angebracht, Stefan hatte mir ja gesagt, daß ein Elektrostimulations-Gerät eingebaut wird. Als ich ihn in die Hand nahm, wunderte ich mich etwas, daß er für seine Größe gar nicht so schwer war, ich schätzte so 3-4 kg. Am unteren Ende des Plugs, wo man den Spülschlauch anschließen konnte, sah er aber doch anders aus als ich mir ihn vorgestellt hatte. Was ich wußte, war, daß es in der Mitte einen Anschluß für meinen Spülschlauch geben würde und daß dieser Anschluß in einen Zylinder eingebaut war, den man mit einem Gewinde herausdrehen konnte und so ein Loch von 6 cm Durchmesser entstand, wodurch ein Dildo geführt werden konnte.

Was ich da aber noch alles sah, mußte mir Stefan erst einmal erklären. Um den Anschluß für den Spülschlauch herum befanden sich sechs Löcher mit kleinen Gewinden im Zylinder. Außerhalb des Zylinders, im Plug, befindet sich zum einen ein Kabel, mit dem ein ganz neues Modell eines starken Vibrations-Eis fest verbunden ist. Bis jetzt hatte ich immer das Vorgängermodell in mir getragen. Auch das neue Modell läßt sich mit dem Smartphone steuern, egal wo auf der Welt man sich gerade befindet. Zum anderen gab es noch ein Kabel mit einer Buchse daran, bestimmt um die Akkus laden zu können. Aber dann gab es da noch einen weiteren Anschluß für einen Schlauch, von dem ich vorher noch nichts wußte. Ich fragte Stefan, was das kleine Loch an der Spitze und der zweite kleine Anschluß zu bedeuten hatten und warum das leistungsstarke Vibrations-Ei jetzt fest mit dem Plug verbunden war. Stefan erklärte mir, daß das Vibrations-Ei direkt über den Plug geladen würde und so nicht mehr entfernt werden müßte und daß der kleine Anschluß für meinen Katheter wäre. Er fügte hinzu, er hätte mir ja vorher gesagt, daß der Plug auch wegen der Akkus so groß ausfallen müßte, damit man ihn nur einmal in der Woche laden müßte. Das war aber nur vorgeschoben. Er hatte in den Plug einen Tank von 0,5 Liter Fassungsvermögen eingebaut und eine kleine Pumpe, die sich einschaltete, wenn der Tank und meine Blase voll waren, das überprüfte der Sensor der Pumpe durch den Druck im Tank. Es ließ sich ein bestimmter Wert einstellen und dieser mußte dann konstant über eine bestimmte Zeit lang anstehen. Zunächst sei eine Viertelstunde eingestellt, aber er könne mit seinem Smartphone sowohl den Zeitraum als auch den Ansprechdruck beliebig ändern. So sei gewährleistet, daß ich nicht durch Drücken, wie beim normalen Urinieren, die Pumpe auslösen würde. Sobald dann die Pumpe ausgelöst würde, würde sie 5 Minuten lang pumpen, was bei ihrer Leistung so ca. 1,2 Liter entsprechen würde. Dann müßten sowohl der Tank als auch meine Blase leer sein, mein Darm dagegen wäre schön gefüllt. Ich sah ihn mit großen Augen an und jetzt wußte ich auch, für was das Loch an der Spitze gut war, dort würde mein eigener Urin herauskommen!

Er sagte dann, daß noch mehr in den Plug eingebaut sei. Das Ladekabel sei gleichzeitig auch eine Antenne für die Smartphone-Technik, die im Plug verbaut sei. Über diese Steuereinheit könne er die Funktionen im Plug steuern, Einstellungen vornehmen, meinen Blasendruck überwachen und außerdem wäre sie gleichzeitig noch der Empfänger für das Vibrations-Ei in meiner Vagina. Leider hatte er an alles gedacht und Vorsichtsmaßnahmen ergriffen. Wenn die Akkus leerzulaufen drohten, würde es einen Impuls geben, der Stromschläge auslöst, die langsam stärker würden, so lange bis ich mich freiwillig wieder an die Steckdose zum Aufladen angeschlossen hätte. Er meinte, so sei sichergestellt, daß ich immer Saft im Po hätte. Dann zog er auch noch einen separaten Akkupack aus der Kiste, meinte, der sei für unterwegs für meine Handtasche, wenn mir mal der Strom ausgehen würde und er lachte dabei. Die sechs Löcher mit den Gewinden erklärt er mir so: Ich hätte doch die ganze Woche über in meine Bodies und Strumpfhosen ein 5 cm großes Loch dort geschnitten, wo der Spülanschluß durchgeführt würde und die Ränder so vernäht, daß keine Laufmaschen entstehen konnten. Ich hätte doch auch befehlsgemäß darauf geachtet, daß alle Löcher, und das sind ja bei sechs Schichten 11 Stück (da der letzte Body den Verschluß verdeckt), genau übereinander liegen müssen, um den Schlauch mit dem Anschluß verbinden zu können. Werden nun sechs Schrauben durch einen Metallring, der ebenfalls sechs Löcher hat, genau wie der Zylinder im Plug, durch die Löcher in den Bodies und Strumpfhosen gesteckt und in den Zylinder geschraubt, so werden die Löcher der Bodies und der Strumpfhosen genau über dem Anschluß des Plugs fixiert. Er holte aus der Kiste den Metallring, dieser glänzte genauso wie der Plug, war auch sehr glatt und mit abgerundeten Kanten versehen. Er sah aus wie eine große Unterlegscheibe mit 6 cm Außendurchmesser und 4 cm Innendurchmesser. Auf dem Ring waren die 6 Löcher kreisförmig angeordnet mit Senkungen, auf der Unterseite sind noch 6 Spitzen an dem Ring angebracht. Er zeigte mir die Schrauben dazu und sagte, das seien Spezialschrauben, die man nur mit einen Spezialschraubenzieher öffnen könnte. Ich fragte ihn, wozu die

Spitzen dienen würden und er antwortete, daß sie die Wollschichten zwischen dem Zylinder und dem Ring sicher einklemmen und fixieren würden, so daß ich gar nicht erst auf die Idee kommen bräuchte, irgendwie durch das Spülloch an meine Vagina heranzukommen.

Nachdem Stefan mir alles erklärt hatte, sagte er mir, ich solle jetzt schnell aufessen und mich beeilen, es sei schon 9 Uhr. Laura würde mich fertig anziehen und zum Wagen bringen, den er vor die Tür fahren würde. Ich wurde mit einem Mantel, einer Mütze und einem Knebel versehen, der hinter einer Atemschutzmaske verborgen wurde. Die Ärmel des Mantels steckten in den Taschen, unter dem Mantel waren meine Hände mit Handschellen auf den Rücken gefesselt. Es gab kein Zurück mehr. Die beiden fuhren mich zu unserem besonderen Ort, dem wir spaßeshalber das Codewort Wollgeschäft gegeben hatten, womit niemand etwas anfangen konnte, falls sich doch jemand aus Versehen verplaudern sollte. Wir hielten am Hintereingang, Stefan ging mit der Kiste vor, Laura geleitete mich dann hinein, zog mir die tarnende Kleidung wieder aus, entfernte den Knebel jedoch nicht. Sie meinte, sie müßte noch kurz die Kameras einrichten und verschwand ebenfalls, nicht ohne vorher die Handschellen auf meinem Rücken mittels einer kurzen Kette mit einer Öse an der Wand zu verbinden. Nach kurzer Zeit kam sie zurück, meinte es sei nun alles bereit, löste meine Fesseln und entfernte den Knebel. Sie geleitete mich in das Zimmer wo der Gynstuhl und das Spülgerät standen. Dann ging sie weg und fuhr nach Hause.

Ich sah dort neben unserem Gynstuhl einen Hocker, auf den jetzt der Plug aufgeschraubt war. Stefan gab mir den Befehl, daß ich mich auf den Gynstuhl setzen solle, dann fixierte er mir die Hände und den Gurt über den Bauch wie an jedem Tag. Dann öffnete er das Schloß im Schritt und öffnete eine Schicht nach der anderen, bis er mir meine Strickstrumpfhosen über den Po bis zu den Oberschenkeln herunterziehen konnte. Dann legte er mir auch wie üblich die Ledermanschetten als Fußfesseln an und zog meine Beine mit einem Flaschenzug an der Decke hoch, bis mein Po schon leicht über den Gynstuhl schwebte. So hatte er freien Zugang zu meinem Po, ohne daß er die Strickstrumpfhosen komplett ausziehen mußte, denn es war immer mein Wunsch, so wenig Haut wie möglich enthüllen zu müssen. Stefan trug eine Maske, aber mir war auch so klar gewesen, daß dieses denkwürdige Ereignis aus verschiedenen Kameraperspektiven festgehalten werden würde.

Er ließ die Luft aus der aufblasbaren Kugelkette in meinen Po heraus und zog sie durch den Metallplug, den ich seit mehreren Monaten ständig trage, heraus. Dann setzte er das Darmrohr in den Plug ein und pumpte es auf, so daß es gut abdichtete und dann ging das Spülen meines Darms los. Normalerweise bekomme ich zuerst einmal 2 Liter hinein, die ich 5 min. halten muß. Wenn ich dann wieder leer bin, bekomme ich 3 Liter hinein, die halte ich dann 10 min., insgesamt dauert die Prozedur so 30 min. Heute habe ich die insgesamt 5 Liter auch so verabreicht bekommen, aber nach der zweiten Spülung pumpte er mir 3,5 Liter rein, die ich 15 min. halten mußte und danach 4 Liter, die ich nochmal 15 min. halten mußte. Mein Darm war jetzt wirklich total leer. Dann zog er mir den Plug, den ich schon so lange in meinem Po hatte, mit einen Ruck heraus. Ich spürte genau, wie weit mein Po in dem Moment offen stand. Gleich darauf kam er mit einer Spritze mit 0,5 Liter Gleitgel und spritze es in meinen Po und verteilte es um meinen ausgeleierten Schließmuskel. Dann machte er mich vom Gynstuhl los. Ich stieg vom Stuhl, er schob ihn beiseite und ich mußte mich unter den Flaschenzug mit heruntergelassen Strickstrumpfhosen stellen. Er legt mir auch an die Hände Ledermanschetten an und zog meine Hände über meinen Kopf nach oben. Dann schob er den Hocker unter meinen Po und ließ den Flaschenzug so weit herunter, daß ich mich auf den Plug setzen konnte. Er sagte mit ernstem Ton, jetzt ist es 10:30 Uhr, um 11:30 Uhr komme ich wieder, wenn dann der Plug nicht in deinem Po ist, werde ich nachhelfen, ist das klar! Ich drückte mich mit meinem ganzen Gewicht auf den Plug, aber die Zeit verging und ich brachte ihn einfach nicht rein. Irgendwann gab ich auf und blieb einfach auf dem Plug mit meinem ganzen Gewicht sitzen. Da ging die Tür auf und ich blickte Stefan mit großen Augen an. Durch die ganze Anstrengung hatte ich gar nicht mehr bemerkt, daß meine Blase voll war. Als ich dann auf dem Plug zur Ruhe kam, drückte meine Blase schon sehr. Als Stefan also wieder hereinkam, bat ich ihn, meine Blase abzulassen. Er ging um mich herum um sah sich mein Ergebnis an. Dann sagte er, ich gebe dir jetzt noch eine halbe Stunde, dann ist der Stopfen in dir drin und deine Blase muß bis dahin noch warten!

Er befestigte ein zweites Seil an meinen Fußmanschetten und zog meine Beine hoch, so daß ich mit meinen Po über dem Plug schwebte. Dann schmierte er den Plug noch einmal mit Gel ein und ließ mich dann langsam herunter. Immer tiefer ließ er mich auf das Monster sinken. Es schmerzte sehr und ich merkte, daß das Ding mich sehr stark dehnte.

Sogar als ich vollständig mit wirklich meinem ganzen Gewicht auf dem Stopfen saß, wollte er einfach nicht reingehen. Es ist nur noch ein ganz kleines Stück, dann rutscht er in dich hinein, sagte er. Ich schaute auf die Uhr und es war kurz vor 12 Uhr. Stefan stand hinter mir und legte jetzt seine Hände auf meine Schultern und fing an zu drücken. Ich schrie laut auf, aber er drückte weiter. Ich schrie noch lauter und genau um 12 Uhr, als wäre es ein Zeichen, rutschte mein Schließmuskel über die dickste Stelle von 12 cm Durchmesser. Nun hing ich da und das Monster dehnte meinen Po so wie noch nie zuvor. Der Plug steckte bis zum schwarzen Ring in mir.

Stefan ließ sich Zeit. Er schmierte den Plug noch einmal ein und schaute sich meinen Schließmuskel genau an. Er sagte, es sähe gut aus, es sei nichts gerissen. Dann ließ er mich ganz langsam auf den Stopfen hinab, ich weinte und jammerte lauthals. Als dann mein Po die Sitzfläche des Hockers berührte, wußte ich, daß er endlich drin war! Stefan ließ meine Beine wieder zu Boden und meine Arme fielen auf meine Oberschenkel herab. Ich war noch total durch den Wind, als Stefan mir die Ledermanschetten von meinen Händen entfernte. Er ließ mich dann eine halbe Stunde so sitzen.

Als ich mich wieder ein wenig gefangen hatte, kam er wieder und sagte, daß ich versuchen sollte, aufzustehen. Als ich sagte, das ginge nicht, ich könne nicht aufstehen, sagte er mit strengem Ton, wenn dein Herr sagt, daß du aufstehen sollst, dann stehst du auf und ich bekam eine Stromschlag in den Po. Vor Schreck hörte ich auf zu jammern, streckte meine Beine durch und der Hocker, an dem der Plug ja noch verschraubt war, hob sich vom Boden ab. Siehst du, es geht doch, der Plug sitzt bombenfest, sehr schön, du darfst dich wieder setzen, sagte er. Dann befahl er mir, daß ich die Beine weit öffnen sollte und mich dann nach hinten beugen sollte. Er nahm das Gleitgel und schmierte meine Vagina ein. Er drang auch mit 2 Finger in mich ein, was für ein geiles Gefühl das war. Ich wußte schon gar nicht mehr, wann das letzte Mal seine Finger in mir gewesen waren. Dann schob er mir das Vibrations-Ei in meine Vagina, was gar nicht so leicht war, weil der Plug fast den ganzen Platz in meinem Unterleib benötigte. Er meinte, jetzt sei ich fast fertig. Er kroch unter den Hocker und löste die Schrauben, dann sagte er, komm steh auf und laß dich ansehen. Ich will sehen, wie der Plug in dir steckt. Ich stand also auf und beugte mich nach vorne, so daß er ihn genau ansehen konnte. Er schob den Gynstuhl wieder unter den Flaschenzug und ich mußte mich wieder drauf setzen, dann machte er mich wieder so wie heute früh fest und zog mir auch wieder die Beine mit dem Flaschenzug hoch.

Er sagte, er würde mir jetzt einen neuen Katheter setzen, der dann an meinen neuen Plug angeschlossen würde. Wenn das alles erledigt sei, würde er mich wieder in meine Wollschichten einpacken und dann bekäme ich meinem langersehnten Orgasmus - und weil ich heute so dehnfreudig wäre, bekäme ich auch gleich den nächstgrößeren Katheter eingesetzt, nämlich einen Charr 24 (0,8 cm Außendurchmesser), aber diesmal einen für Frauen, weil er jetzt nicht mehr so lang sein müßte, er bräuchte ja nur noch bis zu meinem Po reichen. Ich war froh darüber, denn wenn er den Katheter sofort gezogen hätte, hätte sich erst einmal meine Blase entleert, was eine riesen Sauerei gegeben hätte, weil mein Blasenschließmuskel durch das ständige Kathetertragen nicht mehr dicht ist. Er schloß einen Urinbeutel an meinen vorhandenen Katheter an und ließ meinen Urin ab, war das ein erleichterndes Gefühl. Dann zog er mir meinen alten Katheter, säuberte mich und setzte den neuen, größeren Katheter ein. Ich ertrug es, was sollte ich auch anderes tun.

Aber was er dann gemacht hat, habe ich auch noch nicht erlebt. Er schloß den vollen Urinbeutel an meinen neuen Katheter an und drückte wieder den ganzen Urin in meine Blase zurück. Jetzt hatte ich wieder den Druck in meiner Blase. Stefan schloß den Katheter mit einer Klemme und holte eine Spritze mit 0,5 Liter Wasser. Damit füllte er den Tank in meinem Plug. Dann schloß er den Katheter noch an den Plug an und entfernte die Klemme, als er fertig war. Er sagte, wir sind fast fertig, jetzt ziehe ich dich an und dann bekommst du deinen Orgasmus. Ich muß zugeben, in diesen Moment dachte ich gar nicht an einen Orgasmus, ich war einfach nur fertig.

Stefan zog meine Beine mit dem Flaschenzug weiter hoch, bis ich mit dem Po und dem halben Rücken in der Luft hing, dann schob er mir erst mal die sechs Bodies hoch bis unter meine Brüste. Dann zog er mir die erste Strickstrumpfhose wieder über meinen Po und so weit wie nur möglich über meinen Bauch und schloß den ersten Body im Schritt. Das Ladekabel vom Plug zog er durch die Löcher von Body und Strumpfhose, dabei sagte er, so lange am Stück warst du schon lange nicht mehr an der frischen Luft, aber das wird sich jetzt ändern. Er wiederholte es auch mit den anderen 5 Schichten und bevor er den letzten Body verschloß, setzte er den Metallring ein und verschraubte ihn fest mit dem Plug. Dann verschloß er den letzten Body und brachte wieder das

Vorhängeschloß an. Endlich war ich wieder fest eingepackt und sicher verschlossen.

Stefan ließ meine Beine wieder runter und löste die Fußmanschetten, aber meine Knöchel waren nicht lange frei, meine Füße schnallte er an den Schalen des Gynstuhl gleich wieder fest. Dann stellte er die Schalen so weit auseinander, wie es nur ging, so daß meine Beine stark gespreizt waren. Du bekommst jetzt deinen versprochenen Orgasmus und ich teste deine Neuheiten, war die Ansage. Als erstes verband er das Spülgerät mit dem Plug und füllte meinen Po mit 3 Liter warmen Wasser. Ich jammerte und weinte sehr. Der Druck in der Blase, der riesen Stopfen im Po und noch den ganzen Darm voll mit Wasser, das machte mich wahnsinnig. Stefan ließ mich so liegen und ging einfach aus dem Raum. Ich lag da so ca. 10 min. Auf einmal ging das Vibrations-Ei in meiner Vagina an und in meinen Po bekam ich eine leichte Stromstimulation. Ich glaube, es dauerte keine 2 Minuten und ich kam gewaltig. Nach meinen Orgasmus war es dann wieder ganz ruhig, Nach weiteren 5 min. summte es ganz leicht in meinem Po und ich merkte, daß langsam der Druck in meiner Blase nachließ. Ich war zunächst erleichtert, aber es dauerte nicht lange und ich merkte den Druck in meinem Darm. Da ging auf einmal wieder das Vibrations-Ei an, aber diesmal mit voller Kraft und auch der Reizstrom in meinem Po stimulierte mich stark. Dann fing auch noch der Plug an sehr stark zu vibrieren, ich kam wie noch nie zuvor und war danach fast bewußtlos.

Jetzt kam Stefan wieder in den Raum und fragte, hat es dir gefallen, du bist ja ganz schön abgegangen, das werden auch tolle Aufnahmen, die deine Kunden lieben werden. Ja, es hatte mir sehr gefallen, aber jetzt konnte ich nicht mehr. Stefan öffnete das Ventil am Spülgerät und ließ das Wasser und den Urin aus meinen Po ab. Dabei drückte er an seinem Smartphone irgendwas herum und es ging wieder los, ich kam nach 4 Minuten noch einmal gewaltig. Ich bin dann kurz weggetreten. Als ich wieder zu mir kam, brachte er mich ins Bett und ich schlief sofort ein. Als ich soweit wieder transportfähig war, fuhren Stefan und Laura mich nach Hause. Dort gab es noch Abendessen, danach schlief ich direkt wieder ein. Den Sonntag habe ich auf dem Sofa verbracht. Der Plug schmerzte da noch ganz schön in meinem Po. Daß ich den Urin jetzt nicht mehr ablassen muß, finde ich ganz praktisch.

Am Montag konnte ich mich schon wieder einigermaßen auf den Plug setzen. Ich nähte die nächsten sechs Schichten um, diesmal waren die neuen Strumpfhosen mit den Schulterträgern dabei, davon besitze ich jetzt auch schon sechs Stück. Ich werde bestimmt noch mehrere Tage benötigen, bis ich meine restlichen Bodies und Strickstrumpfhosen umgenäht habe. Am Dienstag durfte ich mich waschen. Stefan öffnete mir das Schloß des Bodys und schraubte den Metallring nach meiner Darmspülung ab, dann brachte er die Fußmanschetten an meinen Füße an und zog meine Beine hoch, bis wieder mein Po und halber Rücken schwebte. Er öffnete die Bodies und zog die Strickstrumpfhosen über meinen Po bis zu den Oberschenkeln herunter. Er machte sich am Plug zu schaffen und kurz darauf zeigte er mir den Zylinder, den er aus meinem Po geschraubt hatte. Er ging zum Regal und holte einen 50 cm langen Dildo mit einen Durchmesser von 5 cm, den er dann reichlich mit Gleitgel einschmierte. Den schob er mir immer tiefer durch den Plug in meinen Darm, immer wieder raus und rein, dabei ließ er auch die Vibratoren laufen, das machte mich sehr an. Auf einmal sagte Stefan, er ist drin und holte einen Handspiegel, so daß ich es zum ersten Mal selbst sehen konnte. Tatsächlich war der Dildo komplett in meinen Darm verschwunden. Dann sagte er, ich solle ihn rausdrücken und das tat ich auch. Dann schraubt er mir wieder den Zylinder in den Plug und befreite mich vom Stuhl. Ich durfte jetzt duschen, aber er gab mir wieder nur 30 Minuten Zeit, um mich auszuziehen, zu waschen und wieder anzuziehen. Diesmal schaffte ich es nicht rechtzeitig und er war sauer darüber. Er schraubte mir den Ring wieder an meinen Plug an, schloß den Body über meinem Verschluß und zur Strafe holte er noch einen Body und eine Strickstrumpfhose, die ich über meinen sechs Schichten anziehen mußte. Er verschloß die siebte Schicht mit dem Schloß und sagte, die bleibt jetzt bis morgen zur nächsten Spülung an, dann ging er zur Arbeit.

Um 11 Uhr bekam ich eine WhatsApp Nachricht, daß ich mich um 12 Uhr, wenn mein Mann Mittagspause hat, auf dem Gynstuhl fixieren sollte, so gut es halt alleine ginge und dann so bis 13 Uhr darauf bleiben müßte. Das machte ich natürlich auch und kurz nach 12 Uhr ging es dann los mit einen leichten Vibrieren in meiner Vagina, dann kamen auch noch leichte Stromschläge in meinem Po dazu und ein leichtes Vibrieren im Plug. Ich wurde immer geiler und rieb mir meine Brüste und meinen Schritt mit der einen Hand, die noch frei war. Kurz bevor ich gekommen wäre, bekam ich drei starke Stromschläge in den Po und meine Geilheit war verflogen. Das machte er dann noch zweimal mit mir und jedes Mal kurz vor dem Kommen wieder die Stromschläge. Um 13 Uhr habe ich mich dann befreit und stieg vom Stuhl. Ich war schon sehr frustriert.

Jetzt sitze ich hier in meinen sieben Schichten und schreibe meine Erlebnisse seit Samstag auf. Ich muß sagen, ich finde es bei diesen kalten Temperaturen gar nicht so schlimm. Die 4 Tage rund um die Uhr in meine Wolle eingeschlossen zu sein, ist so toll, ich kann gar nicht beschreiben wie geil das Gefühl ist. Die nächste Öffnung ist dann am Samstag, aber es wird bestimmt nicht lange dauern, bis ich wieder eingeschlossen werde.

Es sind einige Tage vergangen. An den Plug habe ich mich ganz gut gewöhnt, ich werde jetzt oft tagsüber stimuliert, aber ohne daß ich die Chance hätte zu kommen. Die Einläufe mit meinem Urin sind schon anstrengend, weil meine Blase immer so einen starken Druck aushalten muß und wenn der Urin in meinem Po ist, wird er erst am nächsten Morgen wieder abgelassen. Aber daß ich die letzten 2 Wochen nur maximal 3 Stunden ohne Wolle war, macht mich so glücklich, daß ich es gar nicht beschreiben kann.

Epilog

Die Zahl meiner Online-Kunden war in den vergangenen Wochen ständig gestiegen. Stefan meinte, viele Menschen würden jetzt nicht mehr ausgehen und auch von zu Hause aus arbeiten. Mehr wollte er dazu nicht sagen. Er kündigte die Veröffentlichung des Videos von der Einsetzung meines ultimativen Plugs an und nahm Reservierungen an. Es wurde dann ein großer finanzieller Erfolg, den wir vermutlich später nie mehr erreichen würden. Ich mußte mit meinen ferngesteuerten Orgasmen jetzt öfter unsichtbar im abgedunkelten Raum fixiert am Schaufenster sitzen. Passanten kamen nur noch wenige vorbei, aber der Reiz blieb trotzdem. Ich gewöhnte mich daran, daß ich jetzt zu dem geworden war, was ich immer sein wollte – eine total fremdgesteuerte Sexpuppe, ausbruchsicher in schöner, wohlig-warmer Wolle verpackt. Ich konnte zwar Lust verspüren, aber dann nichts unternehmen, um mich zu befriedigen. Umgekehrt gab es keine Gnade, daß ich Lust bis zum Höhepunkt haben würde, wenn mein Herr es wünschte, egal wie ich mich gerade fühlte. Das war auch früher schon so gewesen, wenn ich ihn im Spagat befriedigen mußte. Aber jetzt war es in mir und ein Teil meines Körpers geworden und so ein unerwarteter plötzlicher Impuls konnte mich treffen wie einen Peitschenschlag. Wenn man das Ding auch für Schlafentzug einsetzen würde, dann würde ich nicht nur wie bereits jetzt gefügig sein, sondern in den Wahnsinn getrieben werden. Es ist immer noch der absolute Kick, daß es für mich keine Hintertür, keine Fluchtmöglichkeit und keine Ausstiegsklausel gibt. Andererseits, wer käme schon mit mir zurecht und wer würde sich all die Mühe machen, um mich so perfekt zu formen und gefangenzuhalten? Es war so schon alles richtig.

Nun wird mir bald auch die letzte Möglichkeit versperrt sein, mit dem Autor dieses Buches Kontakt aufzunehmen. Stefan hat den Vertrag meines Smartphones gekündigt, weil er meint, ich bräuchte es nicht mehr. Tatsächlich bin ich jetzt seit vielen Wochen nicht mehr zu Hause gewesen und lebe nur noch in dieser Welt aus Lust, Wolle und etwas Ballett dazu. Den Laptop, den ich hier zur Verfügung habe, wird er auch bald umprogrammieren, so daß ich damit nicht mehr ins Internet gelangen kann. Er wird zukünftig von außerhalb meiner Reichweite angesteuert und ich werde nur noch für den Kontakt zu meinen Kunden mit der Außenwelt verbunden sein. Schreibzeug gibt es hier nicht und sobald ein Kunde versucht, mich über das Geschäftliche hinaus privat kennenzulernen, darf er mich nur noch geknebelt und fixiert sehen.

Was bleibt mir zum Schluß zu sagen? Ich bin kein Phantom, ich existiere. Aber vermutlich wird mich außer Stefan und Laura nie wieder jemand persönlich treffen. Es ist die Rolle meines Lebens und meine Bestimmung. Ich könnte auch nie mehr in ein normales Leben zurück. Vielleicht sieht mich der eine oder andere Leser einmal online bei meiner ‚Arbeit'. Ich kann euch nicht sehen und werde auch nur selten mit euch reden können. Aber ich weiß, daß ihr da draußen seid. Denkt an mich.

Anhang 1: Der Keuschheitsschild

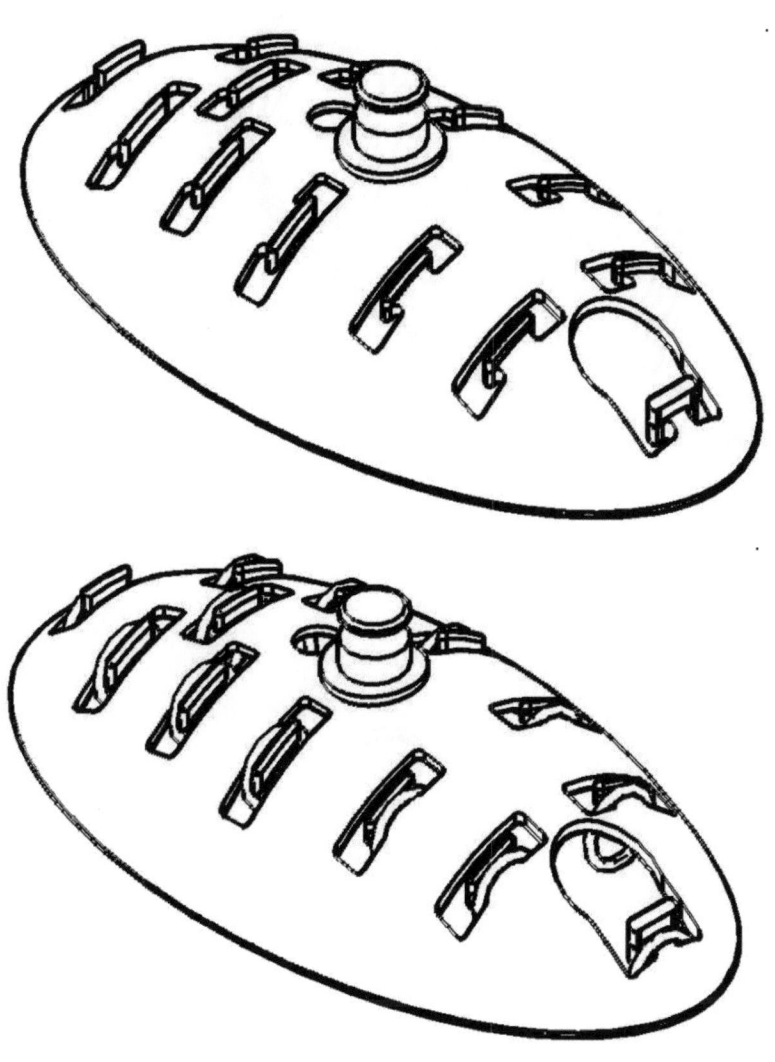

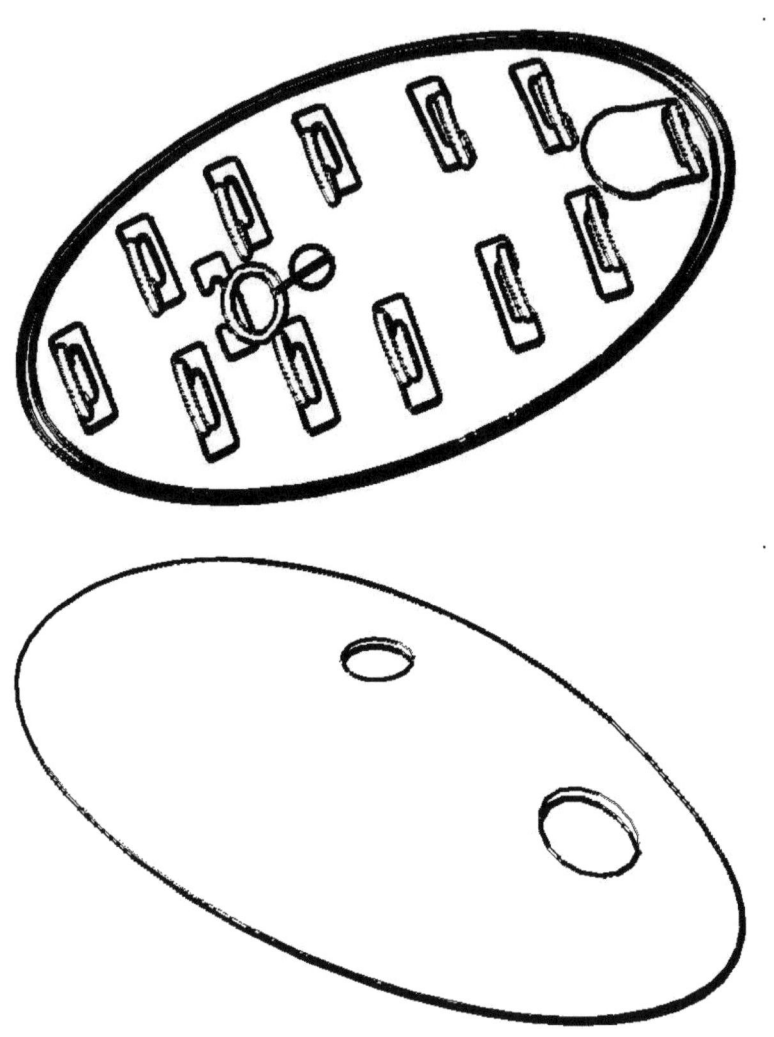

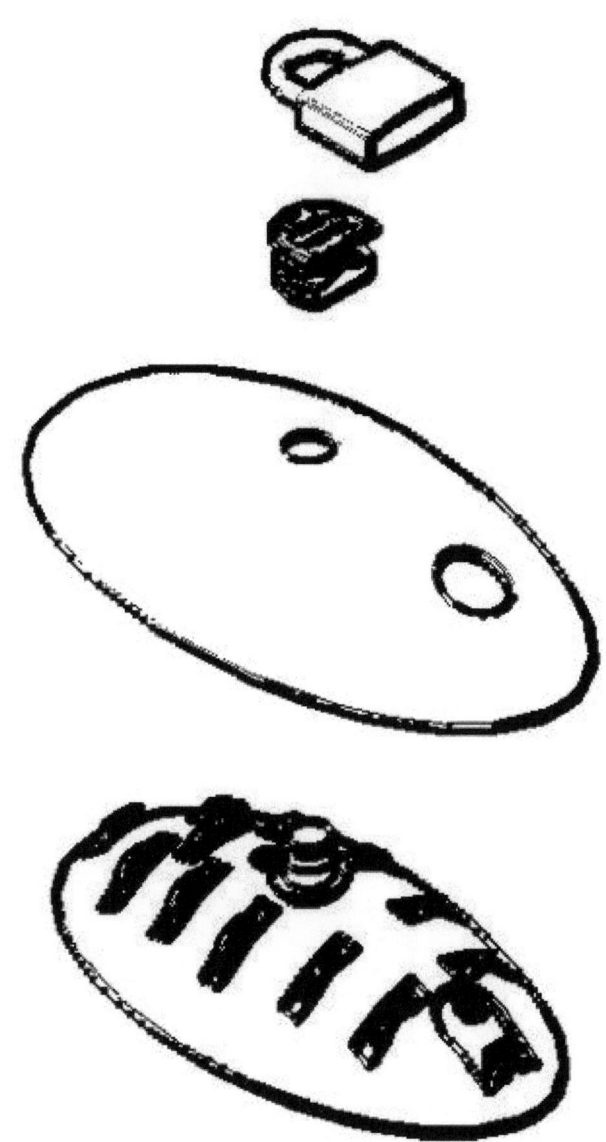

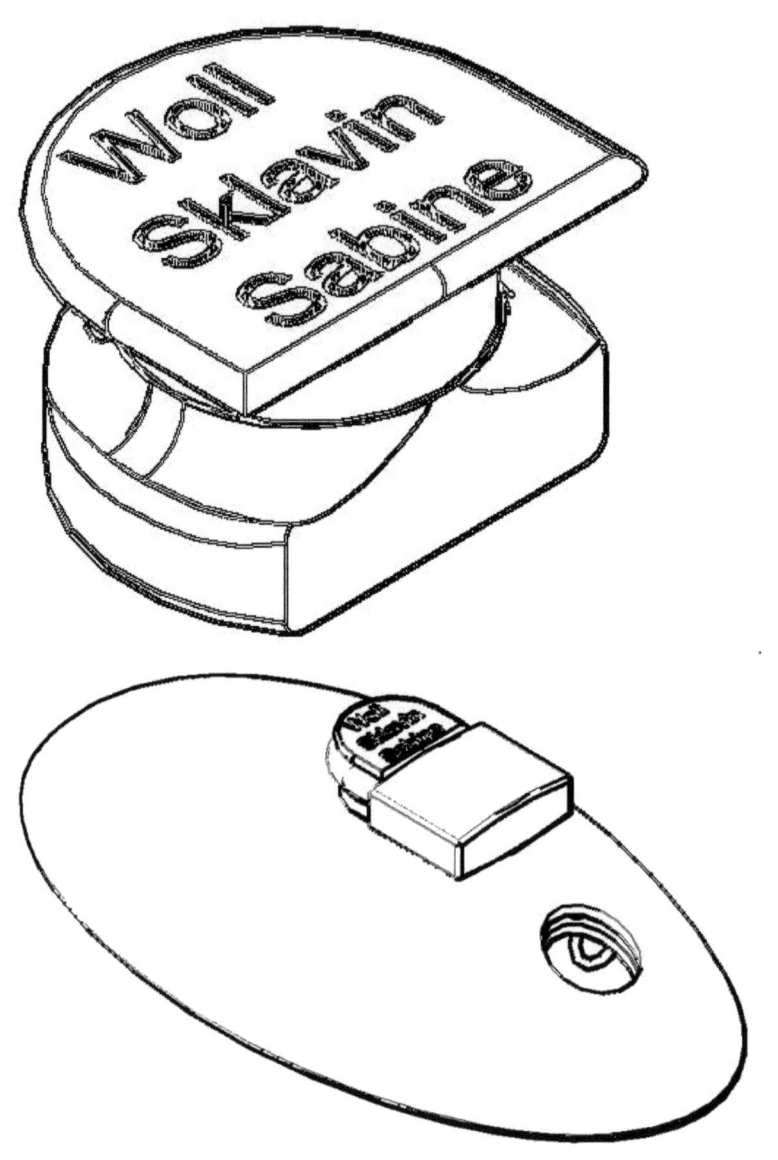

74

Anhang 2: Der Analverschluß

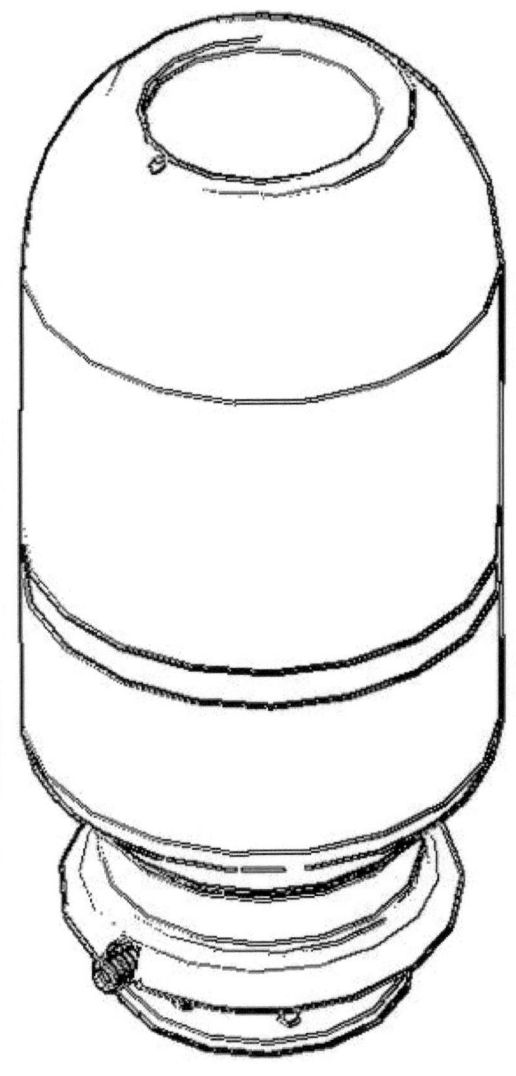

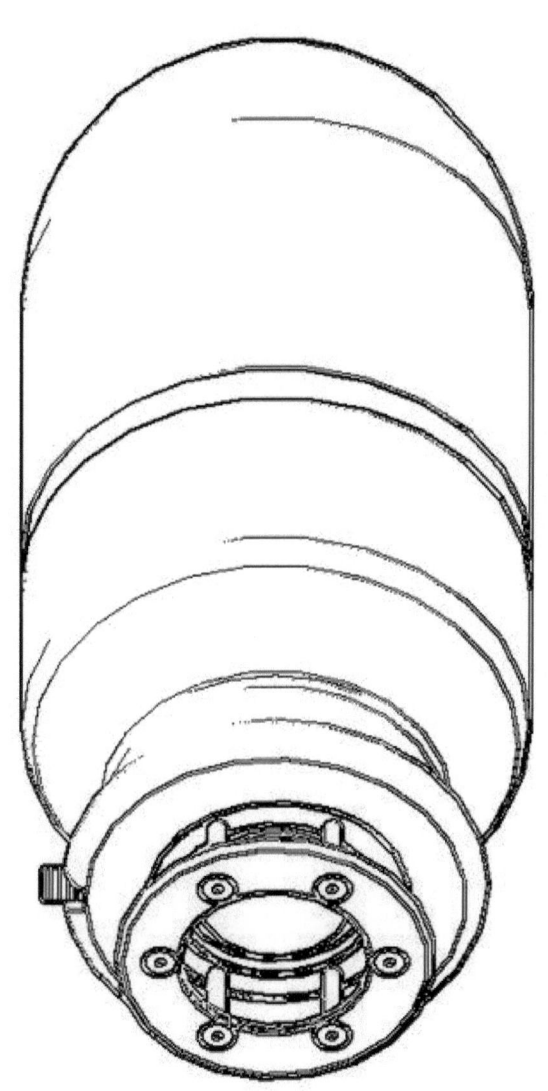

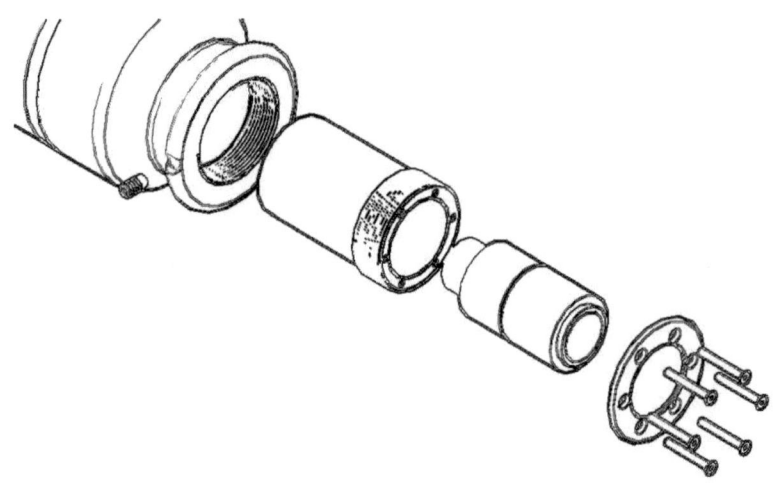